去宁波的路

丁 彬／著

天津出版传媒集团
百花文艺出版社

图书在版编目（CIP）数据

去宁波的路 / 丁彬著. -- 天津：百花文艺出版社，2023.6

ISBN 978-7-5306-8507-5

Ⅰ. ①去… Ⅱ. ①丁… Ⅲ. ①散文集-中国-当代 Ⅳ. ①I267

中国国家版本馆 CIP 数据核字（2023）第 099409 号

去宁波的路

QU NINGBO DE LU

丁　彬　著

出 版 人：薛印胜
选题策划：胡晓童　**责任编辑：**李　信
出版发行：百花文艺出版社
地址：天津市和平区西康路 35 号　**邮编：**300051
电话传真：+86-22-23332651（发行部）
+86-22-23332656（总编室）
+86-22-23332478（邮购部）
网址：http://www.baihuawenyi.com
印刷：成都兴怡包装装潢有限公司
开本：145 毫米×210 毫米　1/32
字数：150 千字
印张：5.125
版次：2023 年 6 月第 1 版
印次：2023 年 6 月第 1 次印刷
定价：48.00 元

如有印装质量问题，请与成都兴怡包装装潢有限公司联系调换
地址：成都市金牛区西华街道付家碾村 6 组 152 号
电话：（028）86965207　邮编：610037

目录 Contents

第一辑　庵东少年

小镇大会堂　002
找回那碗面　005
托儿所的“水怪”　009
旧日晚霞　013
乡关何处是　015
第二饭店　019
张家舍头　023
箍匠师傅　028
“跷脚麻将”　033
东街头　039
海边人　043
水　镇　046
还乡须断肠　051

第二辑　慈溪往事

似水流年，高考一纪 056
长河长兴鸭煲香 060
去慈溪的路 065
怀念周乃复先生 071
上林湖畔杨梅红 077
榨菜与咸白菜汤 081

第三辑　宁波生涯

蝉　鸣 086
宁波知味人 089
月湖觅诗影 094
歌尽桃花扇底风 098
“华园”芳华一曲尽 105
学院的咖啡馆 108
情满秋江 112
青春花开的路口 118
到象山看海去 121
苍水街阿姨 124
牡丹情缘，青春梦圆 127

与上海出版家相遇在宁波的浙江书展 132
京华小事 135
太阳照在咸祥海上 140
大珠小珠落玉盘，评弹余韵甬上长 144
书香夸宁波，门第仰家谱 148

后记：桥都坚固，隧道都光明 152

第一辑 庵东少年

小镇大会堂

同在宁波的发小老虎请我吃饭，我俩都在庵东镇长大，小学同班，三十出头的生涯里，倒有二十多年的交情。现在“小镇青年”一词挺流行，但我俩还算不上小镇青年，顶多算“小镇少年”，因为我俩小学没念完就一起去慈溪市区上初中了，在小镇上共同度过的，是我们的少年时光。席间我说起自己最近回农村老家，特地驱车去镇上绕了一圈，发现老汽车站附近的人民大会堂已经拆掉了。

阔别多年，旧地重游，物是人非。小镇中心区域的范围原本不大，四条主干道，东西向平行的是人和街和邮电路，南北向平行的是七二三大街和庵余路，方方正正，由此构成了镇上的“一环”，而承载我们太多童年回忆的大会堂，就在庵余路边上，紧挨河道。

大会堂毫无疑问地是一个地标性建筑，那时候镇上办官方活动，大多必去大会堂。改革开放后，人们生活水平提高了，精神需求自然也提升了，于是大会堂的文化礼堂性质更显突出。话剧、歌剧这些高大上的节目不大可能来小镇上演，放映电影倒是最适合利用大会堂的空间格局。我们小学时学校就每年都组织学生去大会堂看电影，以至于在小学生的心目中，大会堂和电影院是一回事。我印象中影片就是学校带我们去那儿看的，看到动人处我们也会哭起来。当然更多的时候大会堂放电影是公开卖票，夜场居多，大人们上完班都争相去看，场内坐得满坑满谷，大家都兴冲冲来，结果散场时我看到一个个都摇着头出去。

再后来，我被送到城里去上中学，继而去省外读大学，几乎没回来过，家也几度搬迁，离小镇越来越远。“离别家乡岁月多”，这趟回来，悠悠转过那一条条昔年熟悉的道路，我颇有些近乡情怯了。记忆中难以磨灭的大会堂，如今已废弃为一片空地，杂物堆积，满地瓦砾，只有一旁的河流依旧静静淌着。我一路向南驶离镇上，蓦地发现前方庵余路拐弯处，路边“彩飞旅社”四个红漆大字招牌赫然矗立，房子也仍是老样子，那是我小时候去老虎家玩的必经之所，没想到快三十年了，居然还在！那一刻，我湿了眼眶，痴痴凝望满天的晚霞，这故乡的云。

（本文原载于2017年12月1日《宁波日报》，署名“车厘子”）

找回那碗面

我回乡下老家探亲，住了一晚，翌日早上还需赶回宁波上班。晨光熹微，驱车行进在七塘公路上，忽然想到走得匆忙，早饭还没吃，肚中空空，嘴里一阵寡淡，想要不要先去吃个早饭？这成了车子即将开到杭州湾大道拐弯前面临的一个抉择。若向左拐，即是往北径直上高速回宁波去了；若向右拐，往南不远就可到庵东镇上。蓦地我怀念起小时候跟着老爸在镇上吃早饭的悠闲时光，稍一纠结，口腹之欲到底压过了赶路的心，一脚油门，终于还是右拐去了镇上。

早饭哪里都有，但在路边小摊随便买个饭团、买俩包子带去单位啃，绝对不是此刻我想吃的早饭。记忆中的早饭光景绝对当得起一个文艺词“从前慢”，周末自不必说，即便工作日的清晨，老爸也会带我优哉游哉地去吃早饭。那时候家附近随处可见“夫妻早饭店”，老板老板娘两口子系着污渍斑斑的围裙，你揉面我摊饼，你炸油条我找零钱，手脚麻利，十分勤快。来的都是老主顾，左邻右舍的早都脸熟，店面很小，摆不下几张桌凳，地上墙上也挺腌臜，但顾客们从不觉得脏，坐下就有说有笑，家长里短边吃边聊，店里店外满是热腾腾的烟火气。广东人讲究吃早茶，我们那会儿时兴吃“早老酒”，就是吃早饭也要喝酒。老爸一般进店照旧要一壶黄酒，切一盘羊肾，老酒咪咪，小菜夹夹，一吃就是一两个钟头，那才叫慢节奏，好不惬意！我们小孩子当然不能喝酒，于是汤汤水水地吃起来，不饿就来碗馄饨，饿了就来碗面条，呼噜呼噜一碗下去能吃出满头大汗。偶尔也向老爸的菜碟里去夹几片羊肾吃，一开始我很爱吃羊肾，后来才知道所谓的“羊肾”其实是羊的睾丸，一时间难以接受，入口也顿觉恶心，就再也不吃了。

这会儿我就特想吃一碗当年常见的汤面，那面是用宽面做的，扁扁长长，汤汁浓郁，再放进几片青菜叶子，简直就是我舌尖的至味了。我们那儿都是吃惯了宽面的，我知道慈溪白沙路也有，江北慈城也有，可就是在宁波街头少见宽面，毕竟，现如今满大街都是沙县小吃主打的面条，又圆又细——我是要找回记忆中的那碗面。

只是现在镇上那种老式早饭店也难见到了，又上哪儿去找那碗面呢？我开车拐入邮电路，马路很宽，左右张望没瞧见早饭店，又拐入七二三大街，两边还是没有，再拐入人和街，在路口我犹豫了，东去还是西去呢？向东就是我们俗称的“东街头”，一段老街，街两边至今仍保留着许多老旧民居店铺，在那里找到老式早饭店的可能性要大得多，我的小学旧址就在不远处的元祥街上。可是东街头的路实在太窄了，我开着车，只怕不好进。算了，还是向西走人和街主路，那是我小学时每天放学从学校走回父母厂里的必经之路，最熟悉了。幼年时语文成绩好，走在人和街上看到路牌，我总是师心自用地想，这路名取得真好，人和街，天时地利人和的意思！直到很多年后才偶然在一本地方志上了解到“人和街”名称的由来，原是清光绪年间，商贩应人渭、徐和桂在万嵩庵两侧发起集市，后人就从两人名字中各取一字，后来便有了这条人和街。

我一路往西，眼看就要开到庵余路，忽见路边就是一片热气腾腾的早饭店，灶台直接摆在了门口，老板夫妻正烧得热火朝天，马路牙子上的桌凳也已坐满了人，纷纷埋头大碗吃面。——就是这了！我心头一阵滚烫，赶忙把车停到路边，一阵小跑奔过去。来到灶台前，只见上面摆满了原料，一堆白花花的宽面，旁边一盘一盘配菜任你搭配，大排小排青菜豆芽当然齐备，还有各式各样透骨新鲜的小海鲜等着挑选，丰俭由人，多寡随意。“老板，我要一碗汤面！”我兴奋得不知如何向店主表述，只好用最简单的一句话做出选择。老板心领神会，很快，一碗香喷喷的面就端到了坐在马路边的我面前，嗯，这就是我特地寻寻觅觅的那碗面！是这个味道，没变。

吃完起身，日头已高，我走回车边，回望人和街，阳光洒在两旁低矮的梧桐树上，光线漏过树叶间的缝隙照下来，竟形成一种独特的光影效果，树木笼罩其中若隐若现。这些树种在这里几十年了吧，我小时候就在底下走。可以安心去上班了吧，我像是在跟自己商量。我钻进车厢，发车离开，店里的面、路边的树、镇上的街，越来越远。可是念兹在兹，我找回了留在家乡的心。

（本文原载于 2018 年 9 月 11 日《宁波日报》，署名“车厘子”）

托儿所的“水怪”

说起来这已是三十年前的事了，那年我两周岁。

两三岁的小娃娃，还没到正式上幼儿园的年龄，父母亲又是双职工，怎么办呢？就送去托儿所吧。父母当时都在庵余路与人和街交会处边上的三北轴承厂上班，自然就近给我找托儿所。人和街还有一截延伸段，沿小路走进去，穿过几排民房，就来到一栋一通三的私房前。房子挺大，还带围墙。小镇上的托儿所，多是民办的，我要上的托儿所，就在这栋大房子里了。托儿所的经营者大概就是大房子的主人了吧，当然日常照管小孩子的事不用他来，有他的妈妈（也可能是亲友）在呢，总得有一位赋闲在家的中老年妇女守在那里，应对十来个被“托”于此的孩童，小朋友们都管她叫“大妈妈”。

托儿所开了一扇镂空的铁洋门，是连接外面世界的唯一通道，进了这扇门就进了托儿所，关起门来，就出不去了，四面都是围墙，“坐牢”一样。对小孩子来说，围墙很高，看不到外边，只能抬头看看天空，不过透过铁洋门还能看到来时的路。第一次送到这里来的孩子，大多都会哭得稀里哗啦，惊恐地攀着已经关上的铁洋门的栏杆，满脸的眼泪鼻涕，冲着门外三步一回头的父母口齿不清地喊：“爸爸妈妈不要丢下我！”——他们的潜意识里自己已经被父母扔掉了，而系着围裙笑眯眯看似慈祥的大妈妈其实是坏人，一会儿就会来把他们拖走。等哭累了，声嘶力竭，明白父母早就远走高飞，确信自己已无“生还之望”后，他们才会收住啼哭，颓然地转过身来，脸上犹有泪痕，抽抽噎噎，不得不直面悲惨的命运。当然父母们其实并没有走远，个别又悄悄折返，躲在围墙外的角落，顺着门的空隙偷偷瞄向里面，看自己的孩子是否已情绪稳定，特别要注意的是千万千万不要被孩子发现自己还在。

我呢？妈妈头一回带我去托儿所的时候，我应该也是哭成这般泪眼婆娑了吧。可是我的记忆重点并不在此，时隔整整三十年，我依然记得自己在跨进那扇铁洋门之前，发现托儿所边上有个湖。湖——但实话实说用现在的标准来算可能只是一个池塘，但以当年我童稚的眼光看来，感觉那就是一个很大的湖。不知为何，我的心思从此便勾留在这个湖上了。

生活就这样一天天地过着，每天妈妈带我来带我回，拉着我的小手跨进跨出那道门槛，我的眼睛都不由自主地盯着湖那边看，似乎有什么神秘的力量在不知不觉吸引着我。小朋友们也早已习惯了托儿所的生活，欢快地在所内奔跑打转，你追我赶，大妈妈一个人哪管得过来？时常顾此失彼，有时候连铁洋门也忘了关。这时我便有了空子可钻，冷不丁趁大家没注意，溜出门去，顺着墙根就来到了湖边。

一个黄口小儿孤零零地站在湖边，那时湖确实显得更大。我也终于第一次看清了湖的全貌，湖的三面都是参天大树，树干很粗，枝繁叶茂，郁郁葱葱，能遮住半个湖面，树根全扎进湖里，多年后我凭记忆断定那些树都是水杉。湖紧挨着托儿所大房子的后墙，能看到水浪不断地拍打着石头垒砌的房基，那房子简直就像是建在湖上一样，我不明白房子怎么会造得离湖这样近。湖水并不清澈，尤其是在阴天的时候，站在岸边看过去，整个湖就是黑乎乎的一团，即便你低头看脚下，近在咫尺的湖水也是昏暗的，看不出深浅，依稀只能看到一些深色的长条形水草在水中上下浮动，就像一条条铁链直通湖心。大多数时候，湖面都很平静，树上偶尔冒出几声尖利的鸟叫打破岑寂。其实，那是一种多么阴森可怖令人毛骨悚然的场景，何况站着看的还是一个年仅三岁的幼童。我自然不敢再向前走，因为乡下的奶奶一直告诫我小孩子要离河塘远一点！然而，恐惧的同时还掺杂着一丝强烈的刺激，诱使我这小小的人儿既不敢向前再进一步，又不肯轻易离去。默默地，我就长时间站在湖岸边，兀自望着湖心发呆。莫名的，我忽然就认定那湖一定很深，水底一定潜藏着一只很大的“怪物”。

三十年后，我再回镇上，特地去寻访那个湖。路两边的房子已十分老旧，似乎没多大变化，我大致还能找到当年托儿所的方位。托儿所当然已不存在，那栋大房子好像也变了样，看着倒像是一处别墅，围墙圈的地更大了。门也厚实得足以防弹，阻挡了我的视线，里面会是什么情形呢？我怯怯地在门口徘徊，透过门缝，远远张望——院子是真大，屋后还矗立着几株茂密的大树，像极了记忆中岸边的水杉树。就是那儿了吧，可哪里还有什么湖什么池塘，估计早就被填平了吧。我没有久留，转身离去，离开了小镇。原来，记忆中的“水怪”和我的童年一起消失了。

（本文写于 2018 年 9 月 11 日）

旧日晚霞

住在城西，下班后驾车回家，自是沿着中山路一路西行，宁波的晚高峰不算长，有时候刻意错时晚走一会儿，天色尚明，还能看见天边斜阳西下薄暮初起的情形。车开过徐家漕，地铁一号线也从地下钻出到地上，便与路面小车成了平行相向前进的状态，仿佛你追我赶，有种催人奋进的感觉。地铁是开往春天的，但车厢里的乘客没法看到正前方的天空，坐在自驾车里的人，则可以端正将天空尽收眼底。车窗外我最耽恋的美景，总是西天那一抹晚霞。

可惜空气糟糕是大城市的通病，刺鼻的尾气飞扬的尘土严重破坏欣赏晚霞的兴致。倘赶上雾霾天，目睹空中一片酱油色的晚霞，真觉着是暴殄天物，如同宝玉蒙尘，令人心疼。这时我便常常怀念起乡村的晚霞。

幼年时我被寄养在乡下老家数年，随爷爷奶奶生活。平日里老人家要下地干活儿，家中无人看顾小孩，于是干脆就把我也带到地里，爷爷奶奶忙着种地，任由我这小毛孩跟在田间垄头蹒跚乱走，直到夕阳照在天边，才拉起我回家生火做饭。记忆中二十世纪九十年代初老家的农村，离工业文明还很远，天空与千百年前相去无几，仍是分外澄明，所以每当空中燃起晚霞时，那叫一个通透，云蒸霞蔚，艳光灿灿，真正是天颜。从小，我就沉醉在这片瑰丽壮美的景色里。美的意识和捕捉能力，我想不是每个人都具备的，管你漫天霞光美不胜收，对大多数农人而言，都没感觉，可能只是召唤自己扛着锄头往家走的作息节点。农人若能感知到这份美，再有点文化，那就是陶渊明了，“霭霭停云，濛濛时雨。八表同昏，平路伊阻”。

浙东农村因为近海，盐碱地居多，风吹过免不了带着一丝腥咸的气味，而气候总还是有江南的湿润感。晴暖天气的傍晚，站在空旷的田野里，拂面而来的风，会是那般温柔亲切，再一抬头看满天云霞，真能让人痴痴伫立久久不离。

在暮色苍茫中，我确立了家乡的坐标，不论是在精神上，还是现实里。

（本文原载于 2019 年 5 月 21 日《宁波日报》，署名“车厘子”）

乡关何处是

先人的墓都在余姚，准确地说，都在余姚的福安墓园。那是姚北的一处好山水，先曾祖父母的墓、先祖父的墓（祖母尚在世）、先外祖父母的墓，都在里边。先人们就这样永恒地融入了余姚的大地。

先人们当然是余姚人，彼时庵东一带还属余姚县的辖区。到我，则变成了慈溪人，户口本上户籍一栏明明白白注的是“慈溪县”（慈溪撤县设市是我出生两年后的事）。由此，自报家门竟会纠结，我是慈溪人还是余姚人，各有道理，显得难以自洽。

家乡的习俗，扫墓要在每年的正月初一和清明节。正月里往往是最冷的时候，到清明节就暖和多了。先人的墓集中在一地也有好处，免去了后人扫墓时东奔西走的许多麻烦。每次到墓园，我多是按照位置近远，到先人墓前逐一祭扫。先曾祖父母的墓时间最久远，我常常站在墓前，盯着墓碑默默出神。其实我小时候就见过这方墓碑。老家方言管曾祖父母叫"阿太"，曾祖父称作"男阿太"，曾祖母就称作"女阿太"。我家男阿太墓木早拱，在我出生前业已过世，当年他的坟墓就安在祖屋后方，经过扩建，比乡间普通的坟墓都要来得大而气派。我幼年在老宅玩耍时，无处可去，便常和伙伴们绕着祖坟追逐打闹、爬上跳下，这在晴好天气里完全看不出有任何恐怖的气氛。偶尔停下来，我也会盯着坟前的墓碑发呆，看上面镌刻的碑文，当时我还认不全这些字，只是莫名地觉出些美感，或许这可算作我最早的书法美学启蒙吧。等到很多年后女阿太也逝世了，两位先人要合葬一处，而当时家中已选定了余姚墓园的新址，于是将男阿太的棺椁从旧坟中迁出，与女阿太一起葬到新墓中，从前那方墓碑也一并运到墓园，继续沿用，因此墓碑上早早写全了"丁公思正、德配卢氏之墓"的字样。

男阿太名讳思正，我一直觉得这两个字很美，字简而意丰，又不失文雅，不逊古代名士的谥号。而当我能懂"德配"一词的含义时，第一反应竟是惘然若失，既为女阿太感到遗憾，也为我们这些后世子孙感到遗憾，因为我们可能只知道女阿太姓卢而永远无法知道她的全名了——女阿太嫁到丁家，开枝散叶、绵延子孙，劬劳一世，临了却连一个名字也没留下。

走在墓园里，看着一级级台阶上累累的墓碑，我发现“某公某某、德配某氏”的字样绝非个例，想来这是一种老底子的写法，却也多少可以看出旧时妇女地位之低下。

相比我从未见过的男阿太，女阿太就长寿得多，她老人家陪伴了我将近二十年的时光，寿至九十而终。从小我就知道家里面有位老祖宗，我又是长房长孙，承欢膝下的机会自然最多。印象中老太太身量娇小，总穿一身灰色的棉布衣服，朴素而洁净，说话做事永远是不疾不徐和和气气的，没有农妇粗俗的一面。“其肚饥朗哉。”女阿太经常指着我，对爷爷奶奶说这句话，意思是“我”肚子饿了。许多年后我才回味出女阿太这句半文不白的话，可能是她们那个年代最老派的方言用语吧。女阿太常去女儿女婿家，有时候我也跟着，我们一起看电视，老太太要看戏曲节目。

女阿太娘家在西三，她嫁来我们西二，距离不算远，但也很少再同娘家走动。我记忆中唯一一次见到卢家亲戚来，已是女阿太停灵的时候，娘家派人吊丧。三言两语、一通干号，似乎就把卢家与女阿太的亲缘给交割清楚了。

当然，我们没问卢家人女阿太到底叫什么名字，卢家人恐怕也未必记得，那时谁都不会觉得这是一个问题。

还有更大的问题，因为我们家没有家谱传世，所以往上推只能推到曾祖的名字，连高祖的名字都无稽可考，更无从知道先祖是从何处迁徙而来。只有一点可以肯定，我们的祖居地必然不在此处，因为百来年前这一带还是海涂。我只能大致推断我们祖上是迁来此地的绍兴移民之一。我也曾特地到天一阁查家谱，只查到一本《上林丁氏宗谱》，仔细一翻，谱中所载，与我们这支丁氏还相去甚远。

定居宁波多年，如今我的落脚点在高桥镇。起初我怎么也想不到，中国民间最凄美的爱情故事会花落高桥，梁山伯与祝英台，完全不同朝代的两位古人，偶然被后世的闲人“拉郎配”，从此成型。梁山伯鄮县人氏，祝英台却是会稽山阴人，与西施、曹娥、唐琬、秋瑾合称“绍兴五女”。实则从高桥出发到绍兴诚为便利，姚江过大西坝便接通浙东运河，古时走水路，顺流而上，可直达上虞曹娥江。曹娥江一过，就离绍兴城不远了。

乡关何处，我究竟是慈溪人还是余姚人，是宁波人还是绍兴人，其实已不重要。先人的墓都还在，不用导航，我就能记得归途。

（本文原载于2020年4月14日《宁波日报》）

第二饭店

庵东镇上有家饭店，全名“庵东第二饭店”，镇上人习惯了简称“第二饭店”。很奇怪的是，镇上并没有“第一饭店”，为何这家饭店就以“第二”自居呢？

第二饭店开在邮电路上，与镇政府相距不远。饭店不大，普通的店面，也就一个大厅摆几张长条桌子，里边两三间小包厢，谈不上雅座，比起大酒店自然简陋得多，但比起风吹雨打的大排档，又窗明几净得多。饭店开的年头倒挺长了，二三十年前吧，我们一家还在镇上居住的时候，常去这家店吃饭。

二十世纪九十年代的生活是阳光明媚的，父母的工资不高，但物价也低，小日子过得还算滋润。每每周末在家想不出烧什么菜的时候，老爸手一挥，走，到第二饭店去吃，便挈妇将雏地带我们下馆子去了。所以在我的回忆中，去第二饭店就意味着改善伙食，等于打牙祭，当然是件乐事。去第二饭店吃什么呢？当然是以本地菜为主。老板是一对比我父母年纪略大的夫妇，烧得一手好菜，我管他们叫大爹、大嬷。庵东是东海边的小镇，小海鲜得天独厚，饭店里哪少得了这些？走进第二饭店，不用菜单，直接到冰柜边就着食材现点，老板娘圆珠笔纸上疾走，简单应答几句，心领神会，就托起菜品送到后厨，不一会儿，热腾腾的饭菜端上桌来。青椒炒乌贼、葱油海瓜子、榨菜蛤蜊汤，一道道再家常不过的小菜，就着老爸的啤酒、老妈的冬瓜茶和我的可乐，也总能吃得我入口赞叹回味无穷。

家里偶尔来亲戚朋友了，特地去酒店招待显得铺张，到第二饭店最合适，找个包厢，围坐一桌，热热闹闹的，菜也好吃。我刚上大学那会儿，回家遇着亲戚来做客，中午还是去第二饭店吃饭。大家坐定，有说有笑，亲戚们问我读了什么专业，我回答说“日语”，这在小镇上是件稀罕事，几个表哥表嫂起哄，非要我现场说几句日本话给他们听听。我对着一桌子心心念念的小海鲜，满耳朵是他们的叽里呱啦，觉着在这样的环境里就应该讲家乡的方言土话，实在张不开口讲什么日语，否则不伦不类得很，连忙笑着支开话题，该吃吃、该喝喝，到底没展示啥专业。可是离乡日久，我的家乡话大概也越来越不地道了吧。

很多年了，没再吃过第二饭店的菜，然而昔日那种幸福与满足的滋味依然萦绕在舌尖，绵长悠远，难以忘怀，竟成了我心头的“莼鲈之思”。有一次，我回老家走亲戚，傍晚时分回程，突然想到不知第二饭店是否还在，晚饭可以去那里吃，于是说走就走，独自驱车至邮电路上，一抬头，“庵东第二饭店”的招牌赫然亮在路边，竟然真的还在！我惊喜莫名。下车走进去，店里没什么顾客，迎上来一对小夫妻，问我要吃点什么，听口音不是本地人。我一愣，怎么，东家换过了？稍加询问，才知道原来的老板岁数大了，不做了，把饭店盘给了他们。我哑然失笑，也是，我已经长大了，难道大爹大嬷们不会老吗？新店主递给我一张塑制菜单，我扫了一眼，又是一愣，哪还有什么小海鲜，全是川菜样式，这下，第二饭店成川菜馆了。失望，但既然来了，还是吃了再走吧。随便点了几个菜，拣了个角落坐下。实在没料到这顿饭会吃得垂头丧气，对着满桌的川菜，味同嚼蜡，吃完匆匆离开。望着第二饭店的门面，我忽然感到一丝游子漂泊的恓惶，连一碗家乡菜也随岁月老去了。

镇上的格局并没有大的变化，许多老房子都还在，不过变旧了而已。时光剥蚀，墙体倾斜，钢筋水泥裸露，电线杆子低矮交错，灰白得刺眼，看起来真是危房了，当年我就常在这里扒着墙头逗猫遛狗。早已没有多少本地人还住在这些老房子里边，进进出出的都是操着各地口音、陌生面孔的外来租户。硕果仅存能听到的几句正宗庵东话，可能是不经意间哪个楼道里走出来的大婶，正拉着她的小孙女，看到我晃晃悠悠往一条死胡同里走过去，好心提醒一句，那里走不通的。语调熟悉，只是彼此不认识。是啊，如今走在大街上，我还能认得几个人，又有几个人认得我呢？即便认得，见面还能聊到一块去吗？

回来一趟是容易的。只不过，回得去的是人，回不去的，是一饮一啄故土风味的光阴。

（本文原载于 2020 年 4 月 28 日《宁波日报》，署名“车厘子”）

张家舍头

祖母姓张，娘家在张家舍头。

张家舍头是镇上的一个地名，意思是张姓人家聚居地，这一带的老居民几乎都姓张。舍头是一种约定俗成的口语化叫法，据说是从前绍兴移民迁居到此后形成的。不止张家，从《庵东镇志》里收的《庵东镇建成区图》（2017 年）上看，附近还有施家舍头、王家舍头、朱家舍头、冯家舍头、史家舍头等多个姓氏的舍头，不过张家舍头在镇上最居中的位置。张家舍头东边和北边靠河道，南到人和街，西至庵余路，相当于镇上一环以内的地段。

回过头去想，当年我奶奶离开热闹的镇中心，嫁到七塘以北呜清冷落的丁大兴，也算是一种“下嫁”了。奶奶的娘家亲人们，当然大多还住在张家舍头。后来我爷爷唯一的妹妹，也就是我的姑奶奶，则嫁到张家舍头，嫁给了我奶奶的一个堂弟，丁、张两家亲上加亲。我的这位姑爷爷，我爸从小管他叫“小舅舅”，大约叫惯了，所以即便成了自己的姑父，到现在还是不改口地叫“小舅舅”，显得更亲热。

姑爷爷曾是我们镇上的“首富”。他办轴承厂起家，凭着聪明才智，一路发达，成了二十世纪八九十年代小镇上“先富起来”的代表人物。轴承厂老厂就开在人和街与庵余路的交会处，离张家舍头很近。小镇居民第一次见到金发碧眼、高鼻梁、白皮肤的老外走在街头，那正是轴承厂业务最兴旺的时候，外国客商亲自过来看产品。

市场经济大潮下，民营企业家们一个个都扬眉吐气起来。姑爷爷无形中也成了我们家族最有威望的人，凡遇大事，大伙唯其马首是瞻，家族聚会，必要等他到了才开席，当然也必推他坐首位。可是，家族中出了个“领头羊”似的强势人物，是好事，换个角度看也未必是好事，后辈们都理所当然地认为傍着“小舅舅”就有饭吃。我爸就在轴承厂里跑运输，我妈就在厂门口开小卖部，分厂交给两个亲外甥打理。姑爷爷就像一棵大树，为栖息树下的三亲六眷遮风挡雨，同时也遮挡了他们的目光。

姑爷爷发迹后，他在张家舍头的老宅毫无疑问就被扩建成了一座别墅似的新宅，相比左邻右舍依旧低矮简陋的老房子，尤显得豪华气派。这新房子安上大洋门，一圈都竖起了高墙，中庭挖了个大水池，布上管道可以喷水亮灯。屋内的装潢，当然极尽那个年代小镇富户的奢华。

我总爱去姑爷爷家玩。那么好的房子，谁不爱去呢？反正我平常就待在我妈的小店里，离那儿也近，只要跟我妈说一声“我去张家舍头了”，她就知道我要去姑爷爷家了，也很放心我一个人走过去。姑爷爷家实在有太多好东西可以让我大开眼界。在他家，我头一次见到葡萄酒，还有许多不知名的洋酒，如XO、白兰地、威士忌；姑爷爷卧室的橱柜上摆满了各式珠光宝气的工艺品，看得我眼花缭乱；姑爷爷有一对儿女，表叔会带我玩电脑游戏，表姑妈会教我弹钢琴，那些都是那个年月里的稀罕物，我也是第一次见。

二十世纪九十年代初的小镇上，连桑塔纳轿车都很少见，姑爷爷却早早地拥有了一辆日本进口的皇冠轿车，车身漆黑锃亮，泊在门外空地上，别提有多耀眼。我生平第一回坐轿车，坐的就是姑爷爷的这辆豪车，那时我还坐不惯，会晕车的。可是姑爷爷喜欢带我坐车，我妈说我还在吃奶的时候，有一阵是寄养在张家的。姑爷爷有时候带家人出远门谈生意，也会带上我，他们给我套上小西装马甲，带到客人面前也不露怯。可是我坐不住，记得有一回，姑爷爷一家坐在宾馆房间里和客人洽谈，刚开始我还坐得规规矩矩的，但没一会儿就觉着沉闷了，大人们在聊什么啊，没完没了的，怎么我一句都听不懂？一点都不好玩！实在憋不住了，我就起身走出房门，大人们以为我去上厕所，也没在意，其实我是跑到外边透透气。我在长长的过道里跑来跑去，摸摸这儿看看那儿，等到玩够了，再回房间去，过一会儿再出来，如此往复。

我小学是在镇中心小学读的，学校在元祥路上，与张家舍头同属元祥村，所以班里好多姓张的同学都来自张家舍头。

近年回镇上的时候，我特地开车去张家舍头走走。车从人和街拐入东边靠河道的那条路，路还是那么窄，河依然还在流。我记得河道东边原先沿河还建着一排矮小逼仄的房间，比河面高不了多少。有一年发大水，河水漫过底下那排房，房主忙不迭地在房里舀水往外倒。车开到张某峰爷爷家旁边那个路口转弯时，不知道是我高估了自己的车技还是小路实在狭窄，车后侧竟然生生被墙壁刮擦出一条长痕。我一边心疼一边纳闷，以前姑爷爷的皇冠车也从这里开？

车子很快经过姑爷爷家，大门紧闭，庭院依旧，只是已人去楼空，姑爷爷早就举家搬到宁波市区定居多年了，只留了张家舍头的一个亲戚代管他家的老房子，偶尔进去打扫打扫。

车继续往西开，路北边又出现河道，河对岸是化工厂旧址，高高的烟囱，这么多年，一直孤独地耸立在那儿。小学时某堂课上，镇子上空一声巨响，消息迅速传来，是化工厂爆炸了，我们班有家长在化工厂上班的同学马上哭爹喊娘地跑出教室。

再上一个陡坡，车就开到了庵余路上。路的南边不远，就是原先轴承厂的老厂，如今已改成汽车配件厂了，路的北边就是分厂，子侄辈终究没能把姑爷爷的心血发扬光大。

我也要回宁波了。我和姑爷爷一样，我们都选择了离开。

（本文原载于 2020 年 7 月 21 日《宁波日报》，署名“林乡”）

簟匠师傅

天气转凉，再过些时日，家中的凉席就该撤去了。宁波地方特色，管凉席叫“滑子”，用蔺草当原材料，但就全国来说，凉席主要还是一种竹制品。古人给凉席安了个雅称：玉簟，宋词云“红藕香残玉簟秋”，这个“簟”字，音同“电”，竹字头，本义就是竹席的意思。在我的家乡庵东镇，以做竹制品为营生的手艺人，方言管他们叫“簟匠”，倒不是叫“篾匠”。

我在庵东定居的最后时光是住在七二三大街北段，联排一通三的三层楼房，正门朝东，左邻右舍墙壁相连，都是一样的户型。那时候我家右边的邻居，就是一位簟匠师傅。

我好像至今也没特意问明白篁匠师傅姓甚名谁，反正周边的居民见到他都直接叫“篁匠师傅”，他年纪应该比我爸爸大不少，我按辈分叫他“大爸爸”。篁匠师傅看起来很是老气，头发灰白杂乱，面庞干瘦，身前总是系着一件大号的粗布围裙，坐在椅子上，一声不吭地编竹器。最醒目的，当然是他那双手，皮肤发皱，关节凸起，十个指头时常缠着胶带，因为长年编织竹片而磨砺得粗糙不堪，那真是手艺人的手。

篁匠师傅总在家，他不用出门干活儿，家中的一间房间就相当于他的工作室，墙角堆满了原材料，大多是成捆的毛竹竿。庵东海濡盐碱之地，不产竹子，我小时候好奇问他这些竹竿是哪来的，篁匠师傅说是余姚四明山里的。虽说是篁匠，他却不做席子，做的都是细细巧巧的日常用品，比如淘箩、吊篮、菜罩、簸箕等，做好的成品，顺手抛到地上码着，等待买主上门来买。做篁具是个苦活儿，手被锋利的竹片划伤是家常便饭，更考验匠人的耐性。很多时候我看篁匠师傅蹲在那里干活儿，一蹲就是大半天，也不说话，唯一发出的声响就是当手头的竹片用完时，他会拾起地上的柴刀，挑出新的竹竿，先劈砍成细条，然后一遍一遍地刨成竹片，竹片须刨得厚薄均匀，才能刚韧相宜，如果要把竹片箍成圈，那就得再刨薄一点。

如此日出而作、日落而息，他看起来很孤单。篁匠师傅明明有家人，他有老伴儿，很奇怪的，我与他们家做了许多年邻居，也没见过他老伴儿几面，她好像只愿意“宅”在里屋，几乎足不出户，除了每天饭点时会叫篁匠师傅进去吃饭。听说他有儿子、儿媳，我更是从来都未见过。

从初中起我就开始住校，只有假期才回家。在家时我得闲暇，常常会坐到篁匠师傅边上，同他聊天。说是聊天，其实就是少年的我一个人在那里自言自语，篁匠师傅基本上不接话，他是一个很到位的聆听者，偶尔听到什么顺耳的话，他会用赞许的目光看看我，只有极个别的时候，他心情特别好，也会抬头跟我聊上几句，手上活计却是一刻也不停歇。篁匠师傅几乎没有任何的娱乐活动，他家里订了一份《宁波晚报》，他也不怎么看，倒是我时常拿来讲给他听。当年的晚报内容还是挺丰富的，上至国家大事时政要闻，中至中考高考各个批次学校的投档分数线，下至电视节目、娱乐时间。我家左边的邻居，是一户卖青蟹的人家。我们方言管青蟹叫“黄蛤蟹”。很多人可能只知道浙江的“青蟹之乡”是三门县，却不知道我们庵东镇同样也是“青蟹之乡”，这是史有明文记载的事，《庵东镇志》中有：2001 年 2 月，省海洋与渔业局命名庵东镇为“青蟹之乡”。

我的发小“马桶”，他爸爸就常来我邻居家买蟹，看到我会笑着说："怎么不来我家玩？马桶一个人在家无聊呢。"等我真去马桶家玩的时候，我们想打游戏机，这时马桶会语带怯懦地说："得问问我爸爸，如果他不同意就没得打。"马桶敬畏他爸，其实我也挺怕的，马桶爸爸是镇里的干部，自有一股威严，但游戏机的诱惑太大，我考虑再三还是试探着说："要不咱们一起上去问问你爸吧。"结果我俩就跟"程门立雪"似的，一直等到马桶爸爸午睡时间差不多过了，才一起轻手轻脚上楼，来到卧室外，马桶看看我，我底气不足地向房内问了一句："大爸爸，我和马桶可以打会儿游戏机吗？""不行！"房内传来中气十足的一声。我们毕恭毕敬"趋庭鲤对"，没想到换来"一票否决"，真是泄气，只得灰头土脸下楼去。

其实我从小去得最多的是"老虎"家。老虎爸妈常年在宁波做生意。印象中老虎爸爸是个高高壮壮的大块头。我最近一次见到老虎爸爸，已是七八年前的事，在老虎的婚礼上。我去敬酒，意外看到老虎爸爸坐在轮椅上，形容苍老，反应迟钝，事先我听老虎提起过他爸身患重病，但亲见时依然觉得触目惊心。老虎妈妈见我来，凑到丈夫耳边说："这是老虎的同学，小时候常来我们家玩的。"老虎爸爸看着我，点点头，想说话，可是嘴里含糊不清，站也站不起来。我心下一阵酸楚，连忙拉起他的手说："大爸爸，您要好好保重身体！”这是我生平第一次意识到父辈的衰老，还来不及做心理准备。

前年我回镇上，原先邻居中一位开按摩店的阿叔请吃饭，桌上问起几位老邻居的近况，很自然地提到篁匠师傅。阿叔说篁匠师傅中风了，瘫在床上，早就没法做活儿了。

“啊——”我愣在那里，指间筷子掉落，眼前浮现出篁匠师傅从前沉默寡言、埋头干活儿的情形。

“讲起来多少危险啦！”阿叔还在比画，绘声绘色，“那天幸亏我在旁边，眼睁睁看着篁匠师傅从椅子上歪倒在地坪，话都不会说了。我一看架势不对，连忙叫了几个邻居把他抬上车，我一路红灯闯过去，只十分钟就开到了浒山的医院。医生看了说，再晚到一会儿，估计就抢救不回来了。”

（本文原载于2020年9月8日《宁波日报》，署名“林乡”）

“跷脚麻将”

本科毕业那一年的年底，我被单位派到北京公干，驻留了两个月。对一个刚参加工作没多久的新人来说，能有这样的机会，其实挺幸运的，两个月的时间不长不短，我又无牵无挂，正好独享。

驻京工作、生活的地段也好，都在二环内，真正的四九城里。我下了班没事干，就到处溜达，往海淀区跑得最勤，几所名牌大学都走了个遍，因为一些老同学还在那读研究生。不过“马桶”当时已经不在清华园了，他到北京协和医学院念博士，协和医学院另挂一块“清华大学医学部”的牌子，地址在东城区东单附近。我和马桶的交情，在北京可以叫“发小”，用我们家乡话粗俗点讲就是“赤卵兄弟"，趁着这个机会，我肯定得去找他。

有一回挺巧，我去北京饭店看一场拍卖会，正好离马桶学校很近，他说有空见见。他约我在东方新天地的商场碰面，与北京饭店只隔了一条王府井大街。见了面，马桶先带我去他们学校走走，协和医学院就在东方新天地北边、王府井东边，进了马桶宿舍，我开他玩笑："怎么样，在这里你还是独孤求败吗？"从小被我视为"学神"的马桶回了句："独孤求败算什么，这里都是扫地僧级别的！"参观完学校出来，马桶陪我就近到王府井逛了逛，然后走过东单，走到崇文门，再返回学校，在那道别。

又过了一阵子，我接到马桶的电话，他兴冲冲说："老王也来北京了，一起聚聚吧。"马桶和老王是亲戚，从小就要好，而我和老王虽然从中学一块玩到现在，毕竟隔了一层，各自上了大学，联系渐阙，我只知道他本科毕业后去了美国留学。那年头也还没有微信之类的通信工具可以随时问候，所以如果不是马桶说起，我大概也不会知道老王放寒假回国了。既然他也来北京了，我当然乐得见见。

马桶很客气地招待了远道而来的兄弟，请我们吃北京烤鸭，我与老王久别重逢的第一面，是在王府井的那家"全聚德"里见的。那天北京下起了大雪，交通不便，我最后一个到场，发现有两个生面孔，坐下来听介绍才知道，一个是马桶的女朋友，也是他清华的同学，北京人，一个瘦瘦高高的白人小伙儿则是老王的美国同学。也许是因为他们等了我很久，美国小伙儿有些不高兴，我压箱底的英语也没能用上几句。这顿晚饭吃得匆忙，马桶说明天早上他们打算去游览天安门和故宫，问我有没有兴趣陪同，我连忙答应。

谁料次日雪更大，真的是鹅毛大雪，我一出门就被积雪的架势给惊到了，深一脚浅一脚地好不容易赶到天安门，他们已经从城楼上下来了，白人小伙儿又“白”了我一眼。好在此前我已独自登过天安门，也没什么遗憾，倒是故宫，我还真的头一回去，何况冒雪访故宫，更是难得！我们从午门入宫，由南往北直行，那雪纷纷扬扬实在是大，户外寒风呼啸，“美丽冻人”，我们不作久留，走马观花地走过各座宫殿，穿过御花园，最后出神武门，就算出宫了。时候已近中午，大家说就近先去吃饭，于是叫了两辆车，绕过景山，经过什刹海，到银锭桥附近下车。随便走进一家饭店，饭后去不远处的恭王府，也曾是和珅的府邸。下午又回到天安门广场，马桶带我们去前门大街，逛大栅栏商业街，步行街两边鳞次栉比全是老北京的老字号店铺，什么卖布鞋的“内联陞”、卖绸缎的“瑞蚨祥”、卖帽子的“马聚源”、卖酸梅汤的“九龙斋”……还有许多茶馆戏园，不一而足。晚上我也有所表示，请他们到王府井的“东来顺”吃了顿涮羊肉，正好就在那里分别。不久后我“挂职”结束，返回慈溪，老王再飞美国，事实上我们已经远隔一个太平洋。

再次见到老王是在老家庵东镇，马桶的婚礼上。“老虎”和我也都到了。我们四人反倒是马桶这个书读得最高的家伙最先结了婚，喜酒就在他自己家里摆。那是又一年的冬天，浙东滨海小镇冬季的阴冷感是我们从小就深刻体验的，这里没有暖气，室内室外都冷。冬日原本的百无聊赖因这场喜事而平添了几分热闹。乡镇的婚礼简单，也谈不上什么仪式，唯一稍显地方特色的标志是照例在门口竖起一圈粉色的气柱，上边贴着新郎、新娘的名字，可以说喜庆也可以说艳俗。新娘就是那位北京女友，女方亲友大概只来了新娘父母及娘家的几个亲戚，其余都是男方请的客人。马桶从前考进清华大学的时候，已是扬名镇上，这回把北京姑娘娶回家来，更足以成为小镇居民一桩津津乐道的美谈。我在客厅里旁观那几位北京亲友，形象气质举止谈吐确实不一样，一口悦耳的京片子，浑身上下透着一种京城人士的气派，迥异于小镇老百姓。

按我们这儿的习俗，吃喜酒时新郎和新娘不在同一桌，开席前马桶特地把我们三个拉到他身边坐，老王坐在他左边，我坐在他右边，老虎坐在我右边——这不失为我至今回想起来依旧很感动的一个细节，多少年过去，马桶心目中最好的兄弟还是我们。席上有一道菜，就是青蟹，马桶指着让我们多吃，说这些蟹是他爸专程从海边鱼塘里收来的。这桌酒席我们当然吃得很开心，大家都在祝贺马桶新婚大喜，只是谁都没能预想到，这也许是我们四兄弟最后一次齐齐整整聚在一起了。

我最近一次见到老王，是在老虎的婚礼上，距今也已时隔八年。老虎在镇海安家，喜酒也在那摆，当时我已从慈溪到宁波市区工作。老王到得比我早，他与高中同班同学坐了一桌，我坐另一桌。马桶没能来。席间老虎来敬酒时同我们说笑，马桶事先打过电话了，北京那边实在走不开，这趟来不了了，交关难为情，语气跟小学生认错做检讨似的。当时我们仨言笑晏晏，还是那么和谐。

我结婚最晚。喜酒摆在宁波，老虎携妻带女，早早赶来。马桶还是走不出，还是表达歉意，我也考虑到了，提前给他寄去了喜糖，倒是因此得知了他在北京的住址。老王，我们久疏问候，早已“相忘于江湖”。

我想今后我们四个很难再凑齐了，至多凑到三人，只能打一桌“跷脚麻将”。二十几岁的时候，我读袁行霈主编的《中国文学史》，书中讲到盛唐诗歌向中唐诗歌的风格转变，有那么一句话，“人间的艰辛代替了理想色彩，中年的思虑送走了少年情怀”。

（本文写于 2020 年 9 月 25 日）

东街头

一个大热天的中午，我戴着一顶渔夫帽，慢步走在东街头，不时向街两边的房屋内张望，活像一个外来的游客。此刻路上行人很少，居民们正忙着做饭吃饭，偶尔瞥见我，也投来异样的目光。自然，我不是什么名人，我只是一个久别归来的游子。

有十几二十年了吧，我没有再踏足过东街头。这是庵东镇上的一条老街，十足的老街，比这个镇还要老。在地图上找不到“东街头”的字样，严格说来这不是一个正式的地名，只鲜活地存在于当地人的口语中，在镇上讲起东街头，无人不晓。东街头实际是人和街的一部分。人和街东西走向，是庵东镇区里最早形成的一条主干道，东端连接庵宗公路，西端连接庵余路，中间以元祥路为界点，将一条人和街分为东西两段，东段就被本地人俗称为“东街头”。东、西段特别好区分，西段路面宽阔，两边各种了一排梧桐树，底下都能泊车，路边的楼房也较高大，一过元祥路，东段的道路突然收窄，路面窄得几乎不够双向同时开过两辆车，而路两边差不多都是低矮旧的老房子。这就是东街头，如果硬要说像，东街头的格局有点像乌镇东栅的东大街，只不过东大街铺的是石板路，而东街头的地面早就浇成了水泥路。

人和街直线距离很短，总长才一公里多，所以东街头至多不过四五百米长。就在这短短的四五百米间，街巷两边鳞次栉比开了许多颇具“古早味”的店铺，有开花圈店的，有开寿材店的，有开画像店的，有开镴器店的，等等，一条街似乎就包揽了人这一辈子“生老病死”的一条龙服务。你看，还有专门经营白事的老店呢，逼仄的室内立着一架长明灯，灯火跳闪。长明灯见过吗？浙东地区的长明灯是这样的，一架树状的木桩，枝枝丫丫平行伸出许多横条，每根横条上方都剜出些个凹槽，每个凹槽里边各摆进一盏酱油碟似的小瓯，瓯内注入灯油、搁上灯芯，一一点着了，几十盏灯齐亮，霎时间满室光明。镇上人家日常敲道场、做法事，都要点长明灯，还得请专人照看着，一来时不时地要添油、拨芯，确保灯不灭，二来也防备火烛郎当、意外走水。东街头的不少店面保留了老式的木板门面，下边一排固定，上边一排活动，早起开张，把一块块木板卸下，晚间打烊，再把一块块木板挡上，木板表面大多都刷过赭红色的油漆，长年累月经风雨剥蚀，早已被打磨得黯淡无光。个别店铺门楣上还挂着老底子的招牌，横批似写着一行毛笔字“货商店第一门市部”，字已不全。看得出来，这里曾经繁华过。

我小时候倒是常常跑来东街头，因为我的小学就在附近。那会儿东街头近元祥路口处有家生煎店，做的生煎特别好吃，我们班主任推懒，好几回出早操前叫我跑腿，到东街头生煎店帮他买早饭吃，我也乐得躲做操，溜出校门去了。有时候放学后去振东村“师傅”家玩，也必经过东街头，我会抄近路，学校北边有一条弧形的小弄堂连通东街头，弄堂一边是几户人家的围墙，另一边有一处公厕，弄堂向北通到底就是东街头的路面。我这趟回去，发现那条弄堂还在，只不过中间一截被七二三大街延伸段给贯穿了。早先时候南北走向的主干道七二三大街南端只到七二三广场，还不到东街头，后来镇政府下决心把路疏通，于是东街头又被人为地一分为二，新修的七二三大街得以宽敞气派地直达镇南。唯一庆幸的是，东街头与弄堂相交的口子没有改变，还是旧模样，路口有一家店铺，低矮的屋檐下钉着一块蓝底白字的铝质门牌，上边刻着“万嵩庵弄”四个字。仿佛大梦一场，我从小走过，竟然直到今天才发现，原来这条小弄堂大有名堂，叫作“万嵩庵弄”。“庵东”的地名由来是缘于清道光二十八年（1848），当地民众集资在永清塘（六塘）北坡建万嵩庵，后来香火渐盛，商旅辐辏，在庵之东形成集市，人称“庵东市”，光绪《余姚县志》卷一中就明确记载有“庵东市”。这正是庵东地名最早的成因，先有庵东市，后有庵东镇，而庵东建镇，则是晚至民国十七年（1928）的事。很可惜，万嵩庵原建筑早已不存，地名上只遗留下这条毫不起眼的万嵩庵弄。东街头的位置恰在现在的六塘江与南六塘江之间，由此推测，万嵩庵原址应当就在附近，也可以说，东街头这一带，就是庵东镇的发祥地。

如今的东街头，衰老、宁静、安详，甚至破旧，漫步其间，你能真正体会到什么叫市井生活。路边老头在下象棋，店里工匠在修钟表，小卖部的电视机在放着综艺节目，午后焦灼的日光漏过老屋砖瓦后变得柔和，一切，都是慢节奏的。我感到庆幸，这里没有被改造成高度商业化的“某某老街”，而是基本保持了原貌。燕子飞回，还能寻着梁间的旧巢。东街头是镇上仅剩的一条老街，在不经意间，留住了老庵东的过往。

（本文写于2020年9月28日）

海边人

夜读浙江省文物考古研究所郑嘉励老师的杂文集《考古的另一面》，颇觉有趣。其中的一篇《海塘》，开头这样写："在我的家乡有两种人，一种是城里人，一种是乡下人。我属于后者。乡下人又有两种，一种是山头人，一种是海边人。我属于后者。乡下人羡慕城里人，山头人看不起海边人。农业社会里，山头人除了庄稼，还有地瓜，衣食无虞，不像海边人，'天晴无水饮，落雨无路行'。晚清民国的时候，有女嫁到海边乡下，会让人家笑话。"——这段描述，像极了我们慈溪市。郑老师老家在台州市玉环县的海岛，过去那里也晒海盐，也筑海塘，与我的老家庵东镇大同小异。

在慈溪，庵东人属于海边人，方言称之为“海里头人”。而庵东人又可以分两种，地理上以七塘为界，七塘以南，算镇上人，七塘以北，算乡下人。家父母各自所在的村，都位于七塘以北，得自己在土里刨吃的。一个远房表弟以前对我说，他爸很早就为他办好了镇上的居民户口。说这话的时候他眼里有光，掩饰不住一种难以名状的自豪感，仿佛拥有居民户口，身价就高人一等。我倒是一直拿农民户口，也没觉得有什么抬不起头来的。上大学时有机会迁户口，但我的户口没有动，因为一来学校未作强制要求，二来家人认为有农民户口就意味着有地，留着好。其实直到进宁波市区工作、必须转为居民户口之前，我始终是农民的身份，当然我是一个“不合格”的农民，从未在自己名下的一亩三分地里干过活儿，然后，悄无声息地，就失去了老家的土地。

慈溪地域面积一千三百多平方公里，“十里不同音”也是有的，由西往东存在着明显区别，方言大致可分为西边话和东边话，按语言学上的分类，西边话属于“吴语临绍小片”，东边话属于“吴语甬江小片”。我们庵东话又属于西边话里最为特殊的一种，因为庵东人绝大多数都是绍兴移民的后代，所以方言土语里保留的绍兴口音尤为浓郁，辨识度特别高。那时候我偶尔显出点庵东口音，总会被个别同学取笑，再加上我天生肤色黝黑，他们便更加相信我是吹着海风长大的“海里头人”。

外国文学作品里，凡带“海边”字眼的，似乎总是浪漫、抒情。然而在我家乡的海边，放眼望去尽是浑浊如黄泥汤的海水，毫无美感可言。从前晒海盐更是苦活中的苦活，以庵东盐场的“老法生产”为例，先“刮泥淋卤”获得制盐原料卤水，再用木板进行“板晒”，利用日光、风力结晶成盐，这其中，刮泥淋卤共有 8 道工序，板晒制盐又有 7 道工序，无一不是重体力劳动，且全在露天进行，太阳越大越好，盐民浑身上下都晒得黢黑乌亮。“晒盐佬，晒盐佬，担担生泥压弯腰，吃的糠菜粮，烧的狗爬灶，住的火洞舍，穿的破衣裳，死了不如一根草。”这首过去流传在盐区的民谣，可说是盐民日常艰辛的真实写照。

现在，我这个乡下人兼海边人已在城市定居多年。有时候坐在咖啡馆里，静静地望着窗外，我会想起自己过往的生活。我依然热爱故乡，从不讳言自己的原籍。我重拾外语，工作上用得着，也需要掌握这里的方言，以便更好地融入本地生活。我更不会忘了庵东话的口音，来自那片海边盐碱地原始的味道。

（本文原载于 2020 年 12 月 22 日《宁波日报》，署名“彦之”）

水　镇

摊开庵东镇建成区的地图，布局方方正正，首先映入眼帘的是一条条纵横交错的江河。最东边的一条江河是陆中湾，本地人习惯叫“北排江”，最宽阔，如同镇里的大动脉，其余小一点的江河，如五爱江、六塘江、七塘江等，像是静脉，再细细窄窄些的河道支流，就是毛细血管。如此看来，庵东镇区的水系也颇为发达。

小学语文课本里有一篇课文《水都威尼斯》，我们知道了“威尼斯是一座开门见水，以河为街的城市。城中的177条河道纵横交错，把陆地分割为118个大小岛屿。长约4千米、宽30—70米的大运河，穿行在群岛之间。”这样的城市才称得上“水都”。庵东只是个乡镇，镇区又不大，叫

“水城”也够呛，或许可以称为“水镇”吧。我们对于这个小镇的记忆，就随着镇上那一条条大大小小的江河，波光浪花，荡漾开去。

庵东靠海，所以人们似乎总愿意相信镇上的河流都能通到海里，仿佛《西游记》里花果山水帘洞的铁板桥下“水通东海龙宫”。小时候有一天我走在庵余路上，忽见一群人叫叫嚷嚷地聚到路的西边，冲着下边的江河指指点点，那是三十弓江。我也凑热闹，赶忙跟过去，好奇江里发生了什么事。“我看见一只海豚！刚刚从江里翻出来。”有好事者兴奋得跳脚拍手。等我去看江面的时候，已不见了“海豚”，只剩下大圈的涟漪向外扩散。许多人都说看到了，偏偏我却错过，机会真是转瞬即逝，那所谓的海豚究竟是何模样，只能靠自己在脑海里想象，这也成为我幼年为数不多萦绕心头终未得解的谜团之一，悬疑程度俨然不输“尼斯湖水怪”。三十弓江南北流向，向北一路贯通，很可能就会流入东海杭州湾。因此我对这桩童年轶事依然保存着美好的幻想——大型海洋生物哪天误入支流，真的游到镇上过吧。

三十弓江向南流到兴昌路，与东西流向的六塘江交汇。六塘江往东过了庵余路，便有一道水闸。宁波人管这样的水利设施叫“碶闸”。庵东水闸的用途最初大多是为了阻咸蓄淡，多年后境域变迁、功能减退，一些水闸也就逐渐废弃了，只保留成为江河里的地标，一动不动，与小镇共同老去。六塘江流经张家舍头，就出现一个分叉，一支继续向东流，另一支改道向南流，往南不远，又折向东流，变成南六塘江。

南六塘江流过元祥路，上面原有一座石桥，桥的北岸就是我的母校——镇中心小学的原址，那时候校园里还有校办厂。我小学高年级时在南教学楼，从教室南边的窗户望出去，楼下就有一条宽宽的河，小学生并不关心河叫什么名字，多年后因为“五水共治”，河边竖起了标示牌，旧地重游时我才明白这是南六塘江。当年，我们放学后去同学家玩，必跨过这座桥、这条河。河里总能见到一两只小小的舢板船，不知道是不是废弃了，缆绳未系，漂在岸边。小孩子顽皮，我们看到这样无主的小船就像发现宝贝，壮着胆子沿河岸陡坡慢慢爬下去，跳到船上，两三个人，扳着桨瞎划，随船荡到哪儿是哪儿。舢板船形制简陋，却是旧时乡间镇上最常用的水路行脚工具。倘若在水都威尼斯，河道四通八达，在碧波澄浪上轻快飞纵的，则是一只只漂亮的凤尾船，平底，深色，首尾尖尖翘起，人站在船身右侧用长桨划行。而置身于二十世纪九十年代的小镇庵东，尽管河上漂浮着垃圾，坐的小船破破烂烂，但天气放晴时水面泛起金光，暖风送来微咸的气味，我们有我们的快乐。

元祥原有一条乡间小路，小路向镇南延伸。路东边是广阔的农田，小学时学校组织春游，我们成群结队一路欢歌，其实也就是走过这片田野，到破旧的半路凉亭里歇脚，从书包里取出早就准备好的零食，与老师同学分享，叽叽喳喳、兴高采烈，小学生的快活就这么简单。路西边是居民区，中间隔着一条小河。那河水挺清，春天的时候，小蝌蚪在河里“爆发”，我们拿着瓶瓶罐罐下去舀。有一回吧，就我一个人去河里捞蝌蚪，身子倾斜，慢慢凑近水面，谁料脚下泥土湿滑，一个不稳，险些滑进河里，得亏眼疾手快，一把拉住河滩上的树干，这才站稳。事后回想心有余悸，如果当时真掉进河里，我又不会游泳，也许小命就交待在那儿了。我们就在这样粗粝的环境中野生长大，有知或无知的，几度与凶险擦肩而过。

我再回镇南寻旧时，元祥路拓宽了，路东的农田已改辟为农贸市场，路西的小河早被填平，设置成了绿化带。镇中心小学在许多年前就迁到了镇北，原校园后来整个拆除，被七二三大街南延段从中贯穿，现在立在那里的是一东一西两栋新建的商务楼，大门紧锁，空荡荡的，想来还没投入使用。我站在路边抬头看楼，眼前浮现出从前和同学们在南教学楼上音乐课的情形，音乐老师教我们一首少儿合唱的歌曲，歌声宽广悠扬，飘出教室，飘在南六塘江的水面上：

我们的田野，
美丽的田野，
碧绿的河水，
流过无边的稻田。
无边的稻田，
好像起伏的海面。
…………

（本文写于 2021 年 4 月 26 日）

还乡须断肠

二爷爷家在邮电路西边。邮电路是庵东镇上的一条主干道。

我小时候常去二爷爷家，后来走动少了，只是因为离乡日远，近些年我再去，大概只在过年过节时，最近一次去，却是参加二爷爷的丧礼。10 月末的周五下午，我接到老爸的电话，被告知二爷爷已于当天中午在家中过世。虽是凶信，出人意料，但我很快接受了这个现实，内心平静并无悲痛，因为一来二爷爷享年八十有六，算得上高寿，在农村可说是“喜丧”，二来听说二爷爷走得很安详，无病无痛的，真正是“寿终正寝”。恰在周末，我回老家奔丧。

二爷爷是我爷爷的二弟，其实就是我的二叔公，只不过依着方言叫“二爷爷”。我爷爷居长，有三弟一妹，其中一个弟弟不幸早夭，我从未见过，所以只知道二爷爷和小爷爷。若然盖棺定论，二爷爷在三兄弟之中，是最端方稳重的一位，温良恭俭让的美德基本上都有。

我走到灵堂，对着二爷爷的遗像拜了拜，入内围着遗体走了一圈。遗体就安置在可通电制冷的玻璃棺内，面部用一块白布覆盖着，因此看不见二爷爷的遗容。二奶奶有老年痴呆症，一脸木然地坐在旁边。其他直系亲属正披麻戴孝，见我到场，连忙迎上来，拉着我一番寒暄。我被亲戚们突如其来的热情多少有些惊到，大约从前不曾经历过。仔细想想也不奇怪，毕竟我是长房长孙，人又生得高大，一堆人往那儿一站，就像那么回事，还有一层意思，我离乡久了，在老家亲友间朴素的传闻中，我算是混得还有点出息的。就连我爸，早在二爷爷家忙活老半天了，一见面就伸手过来整理我没翻好的衣领。

晚饭安排了几桌，就摆在二爷爷家附近的空地上，宗亲们能到的差不多都到了，纷纷坐拢来一起吃饭。也许因为多年未见，长辈们辨别我的身份颇费了番工夫，现场问了一圈，才恍然大悟道："原来你是阿某的儿子！"而我最大的感触是，叔伯们真的都老了，一个个头上鬓角都露着白发，无一例外，在向晚的秋风斜阳中分外醒目。他们终于不再拿我当小孩子看待，我却依稀还记得他们年轻时的情形。当年的大小伙子们斗鸡走犬争强好胜，当然有荷尔蒙驱使，现在他们气力日衰，还在酒桌上面皮涨红胡吹大气，更像是要从平庸生活中挣回一丝颜面的倔强姿态。当然，他们的儿子，我的堂兄弟族兄弟们，也都从我记忆中的毛头小子长成英气勃勃的青年了。

道场一直敲到深夜11点多才收场。二爷爷停灵已停了两晚，叔伯们提前商议好，次日早上7点出殡，6点30分大家就再到这集合准备。我既然来了，自是要送二爷爷最后一程。这一晚就得在镇上过了。我忽然意识到一个问题，在镇上我连个住处也没有，七二三大街的房子早就卖了，乡下的老房子已租给建筑公司当仓库。亲戚们当然乐得邀我去他们家中住一宿，我一想这来回总共才睡六个多钟头，到别人家里也不习惯，倒不如去旅馆里将就一晚更省事。恰好邮电路两边开着几家小旅馆，我就随便找了一家旅馆开了个单间入住。房间十分简陋，我也顾不上了，略一洗漱，躺下前去拉窗帘，抬头顺着屋檐望见夜空，星月朗朗。那一刻我内心泛起一缕悲欣交集的涟漪，自己多少年没在镇上过夜了，没想到这一趟竟是客居在家乡的旅店里。

次日一早，我走出旅馆，街上许多店面还没有开门。我也是多少年没再踏入家乡的清晨了，要是搁小时候，这个点我应该正走在去学校的路上吧。按时赶到二爷爷家，准点出殡，送行的队伍从邮电路出发，走到庵余路与人和街交会处，换乘大巴车，集体开赴慈溪殡仪馆。到殡仪馆，大家在礼堂向二爷爷做最后道别后，遗体即转去火化。我们在室外等，前后不到一个钟头，堂叔就捧着骨灰盒出来了。物理意义上的二爷爷，至此终极。人生历程，真的短促。当然我们还须将二爷爷的骨灰盒送到墓中安厝。我们离开殡仪馆，走余慈连接线，不多时就到余姚的福安墓园。二爷爷的墓离我爷爷的墓很近，上下只隔了一排，老哥俩有伴了。遗体在慈溪殡仪馆火化，葬在余姚的公墓，这或许是我们那一带生民特有的圆满结局。

送完二爷爷，大家回到庵东，还要在他家吃一顿午饭。这顿饭才是整个丧礼的正餐，我们俗称“大豆腐”，亲友们到齐了，热热闹闹，最有排面。我本想着吃完午饭就回宁波，堂叔非拉着我吃过晚饭再走。晚饭只一桌人，堂叔频频给我夹菜，几次明说暗说，堂房兄弟里你是老大，弟弟妹妹们还在读书，以后有好的机会，一定要关照他们！

晚上我开车回宁波，路线极方便，从邮电路往西到底就驶入杭州湾大道，再向北直行两公里路即到庵东高速口，一路开回宁波市区便是。来去匆忙间，故乡人事，飞驰而过。

（本文原载于 2021 年 12 月 7 日《宁波日报》，署名“林乡”）

第二辑　慈溪往事

似水流年，高考一纪

从2003年开始，全国高考时间统一调早到6月，我于2005年参加高考，算来已过去十二年了。古人以十二年为一纪，十二生肖恰走完一轮。

若论高考重点大学升学率，放眼整个宁波市，我的高中母校慈溪中学长期名列前茅。我读文科班，那年高考我们文科的考点设在行知职高，考试间隙，考生们被安排到食堂休息，大家都忙着在餐桌边“临阵磨枪”。我和室友正坐在一起温书，这时走过来一个其他学校的考生，笑着问我们是哪个高中的，我俩抬头看他，认真而简洁地回答：“慈溪中学的。”我至今仍清楚记得那哥们脸上的笑容瞬间僵住，继而迅速转为一种诚惶诚恐的敬畏表情，原本身子已向前微倾、想坐下同我们一块复习的动作，又硬生生地给收了回去，讪讪地走开了。他这么一走，让我俩也莫名尴尬，我和同学忍不住对视了一眼，面面相觑。那一刻我们才亲身体会到原来自己学校如此威名赫赫，真正“如雷贯耳”到可以令别校学生“知难而退”。我也忽然省悟，为何从前邻家那个大哥开车顺道送我回学校的时候，老远看到校门口“慈溪中学”四个镏金大字在阳光下熠熠生辉时，他嘴里会不由自主发出“啧啧”的声响，不知是在表达赞美还是艳羡之情，我侧头去看，蓦地瞥见那张平日里惯于嬉皮笑脸的面孔上，居然现出一种近乎虔诚的庄重神色。“慈溪中学咯，平常就听听的，今天总算也到过了！”他兀自说自话。那时候尚懵懵懂懂的我，还无法完全理解原来自己就读的中学竟有这般魔力。

当时的慈溪市民普遍认为，能考上慈溪中学的，基本上就等于一只脚已踏进重点大学的门槛。而那一年高考，我的成绩属全班中等，还算差强人意，不过具体到不同科目，也有些小插曲。语文我一向在班里拔尖，150 分的卷子，高考那一场我考了 122 分，仍是全班第一。须知那年的语文试题特别难，连我们文科班的班级平均分都只有 90 多分，也就是及格线刚出头。试后我对了标准答案，发现客观题差不多全对，那就意味着我的作文得分其实并不理想，可能写得偏题了，这对于我这个平常考试作文常接近满分的“笔杆子”来说，不能不说是一个重大的失误。至于我的传统弱项数学，虽说及格无虞，但依旧比班级平均分低了整20分。事后我多少总还有点不甘心，假如那次我的作文能正常发挥，而数学又接近班级平均水平的话，考上985高校应该是不成问题的。当然人生没有假如，最终我还是无惊无险地考入邻省一所211大学。

说到出省，班里的女同学，不论成绩是否理想，大多数都选择去了本省的大学，大概小地方的父母，终归还是希望宝贝女儿别离家太远，留在省内，回来到底方便些。至于我们男孩子，则一个个“神州行”了。当年我们千辛万苦通过中考，一起考进名头响当当的慈溪中学，三年后又千辛万苦通过高考，各奔天涯。那一年的6月，我们考完试，回到自己教室，都兴奋地把高考复习资料撕碎，抛向空中，欢呼雀跃，一扫往日的沉郁气氛。在之后的那个漫长而轻松的暑假里，我们整日赶场似的穿行在各家酒店的谢师宴与同学聚会上，不知疲倦。慈溪的毕业季，并没有红殷殷凤凰花开的路口，多的是浓荫遮蔽的香樟树，我们的青春，便笼罩在那片穿过绿叶缝隙投下斑驳光影的骄阳中。

去年，慈溪中学建校60周年，全国乃至全球的校友都纷纷赶回母校参加校庆活动，我也不例外。只不过，我们来到的是一个陌生的校园，文蔚路59号，2016年8月才迁入的新校区，占地庞大，高楼华厦，望过去气派得不像一所中学，俨然“慈溪大学”，不复我记忆中北二环东路那个老校区魂牵梦萦的旧模样了。那日冬雨潇潇，我擎着伞，踱步在这初次走入的校园中，四下打量，全新的一切——倒像是只离巢太久的燕子，再飞回来时，因门庭改换而找不着老屋梁间自己的旧窝了，不禁惶惑起来。于是，在我的脑海里，以“慈溪中学”的名义带给我的最美好回忆，就永恒地截止在那场高考来临的夏天。一晃，十二年。

（本文原载于2017年6月2日《宁波日报》，署名“车厘子”）

长河长兴鸭煲香

慈溪市下辖十多个乡镇，其中的长河镇，镇名总让我觉着字面简单而富有诗意，你看唐诗里嵌着“长河”字眼的，如王维的“大漠孤烟直，长河落日圆”，李商隐的“云母屏风烛影深，长河渐落晓星沉”，都是名句。长河镇紧邻庵东镇，两个镇唇齿相依。除了故乡庵东镇，长河镇大概就是我最熟悉的乡镇了。我小时候跟父母闹别扭，独自走到长河镇地界，看着路边宽阔的田野，就再也不敢往前走了，还是原路返回主动求和吧。

长河是个好地方，人杰地灵，出过我国最早的马克思主义教育家杨贤江，经济也不错，既是农业大镇，优质蔬菜种类繁多，又是工业强镇，洁具生产是特色。早年间长河最出名的是草帽，价廉物美，远销海外，还拿过国际大奖，长河也因此被称为“草帽之乡”。传统编草帽纯靠手工，于是也培养了这一带妇女们一项专门的手艺，我母亲一辈以上的妇女几乎都会编草帽，方言唤作“打阳帽”，从前农闲的时候，家家户户尽是坐着打阳帽的勤劳女人，打好的帽子一顶顶摞起来，卖了钱贴补家用。打阳帽用的材料叫咸草，据说是从宁波西乡传入的，宁波人俗谚“东乡一株菜，西乡一根草”，一株菜是指东乡邱隘一带用来腌制咸齑的雪里蕻，一根草是指西乡古林高桥一带用来编织滑子的蔺草，传到慈溪后，发展成“长河草帽”。这是老皇历了，现在长河镇名头最响的，则是一道美食，也就是远近吃客纷纷慕名而来的“长河鸭煲”。

驱车从七塘公路转入长兴路，即由庵东镇进入长河镇，沿着长兴路一路向南行驶，路两旁闪过的，除了大片的农田，便是一家家大大小小的工场作坊，其中最多的就是草帽厂。远远望见云海村村委会大楼，车子开到长兴路 1618 号，路边立着“长河正宗张氏鸭煲”字样的大红招牌，十分显眼，这时候店家已主动迎上来招手，熟练地引导客人把车开到门前空地上泊好。下车一抬头，嗬，好气派的小洋房，且是并排三幢相连！大名鼎鼎的长河鸭煲，就在这排小洋房里了。

三幢房子一楼全打通用来营业，摆满了大大小小的桌椅，客人进去自行找空座坐下，来的十有八九都是回头客，自然知道规矩，不用多言语，老板心领神会，二话不说一大盆热气腾腾浓香四溢的鸭煲就端上桌。这道菜的原料看似简单，无非就是笋干、鸭子，鸭子选用饲养三年以上的老鸭子，笋干则是专程从四明山区收购来的，再佐以红辣椒、小葱等调味。虽说鸭子是主料，但我个人口味更爱吃笋干，毕竟“四明八百里，物华甲东南”，宁波四明山出产的山珍真不是盖的，一大把笋干密密麻麻铺在整只鸭上，炖得鲜咸入味，才造就了这道汤汁油亮、香辣交融的长河鸭煲。每回吃上，鸭肉我吃不光，那放到嘴里嚼劲十足的笋干倒总是被我一扫而空，回味无穷。这就是店里唯一的主打菜，多少人心心念念赶一两个小时的车程来吃，堂食不够，还要打包带走。鸭煲必点，还有配菜，这家店的“任性”之处在于没有菜单，顾客尽可以去后厨看看厨师在做什么当季的家常小菜，酱汁香干、油炸白米虾、豆瓣酱蛏子、雪菜梅鱼、清蒸撒尿虾……新鲜、时令，想吃什么自己点，盛鸭煲的搪瓷盆还可以“一锅两吃”，鸭煲吃完，再往盆里放进切好的白菜和年糕，煮熟了，正好当主食吃个饱。厨房与餐厅间来来回回进进出出忙着传菜的服务员都是满口本地土话的中老年妇女，说来，这一家店可就解决了不少农村劳动力的工作呢。

别看这家店现如今门面敞亮人手充足，其实就在一年多前，还开在四塘河桥边那间低矮破旧的砖瓦房里，原址的门牌号是“长兴路 1287”，边上竟紧挨着一座公厕，环境实在不敢恭维——但长河鸭煲依然远近闻名，照样有一批又一批的客人特地寻访前来。直到 2017 年 10 月，“长河正宗张氏鸭煲”终于迁进了位于村委会附近的新居，变的是新楼房，不变的是老味道。记得张老板讲过，从最初做夜宵生意算起，这家饭店开到今年已是整整第 25 个年头了，一家老小发家致富，全靠这个“聚宝盆”！

车子在长兴路上继续前行，扑入视野的，仍是路两边广阔的田野，那带着一丝盐碱地腥咸味的泥土气息。富裕起来的村民们，在路边鳞次栉比建起了漂亮的新房，世世代代安居于此。远处依稀飘来甜美的歌声：

我们的家乡，在希望的田野上，
炊烟在新建的住房上飘荡，
小河在美丽的村庄旁流淌。
…………

歌声飘过四十年。我要高声赞美这片土地，这片孕育着无限生机活力、播洒着辛勤劳动汗水、收获着美好生活希冀的火热的土地！奋进在时代大潮的激流中，长河长兴，兴旺发达。

（本文写于2018年12月4日）

去慈溪的路

这几年我的户口本至少变动了三次，第一次因工作需要，就地农转非，从珠江村迁到镇上的元祥居委，把农业户口转成了非农业户口，第二次和第三次都是因为买房卖房，先后把户口迁至宁波市区的江厦街道和高桥镇。

在一次又一次的变迁中，我离家乡似乎越来越远，小小的户口本上最底下“何时由何地迁来本市（县）”“何时由何地迁来本址”这两行空格也被填得满满当当，看起来分外拥塞。

换了三本户口本，“出生地”和“籍贯”上下两格恒久是“浙江省慈溪县”，这是改不了的，我一出生就打下了这枚烙印。之所以是慈溪县而不是现今的慈溪市，因为慈溪从县变成市是我出生两年后发生的事。到今年，慈溪“撤县设市”整三十年。

我们庵东镇在慈溪市的西北角，枕海临湾，吹的风都带咸味，当年实在偏远得很，从镇上到市中心，少说也有十几二十公里路。这点距离搁现在，自驾车一踩油门十来分钟就能开到，放在我小时候，私家车还很罕见的年月里，那是真远！许多年后回过头来看，从前感觉的“远”，其实主要不在于物理距离，更多的是一种心理距离。交通不发达的时代，小镇的居民依然像农业社会那样安土重迁，日常活动半径就局限在镇上，连邻镇都很少去，更何况是去市里。当时的慈溪城区就是浒山镇，对我们来说，去趟浒山简直就像出远门。进城，仿佛是去探索未知的世界，既遥远陌生，令人心生不安，又充满了神秘的诱惑力。

上小学时，我一度对慈溪和浒山这两个地名产生了混淆。缘故是，我家的小店就开在庵东镇老汽车站边上，一辆辆由个人承包的、往来于浒山与庵东之间载客的城乡中巴车总打我门前过，车子的挡风玻璃内一般都会放块薄薄的长方形木板，表面用白漆刷了，再用红漆写上字，正反面都写，一面写“庵东”，另一面写“浒山”或“慈溪”，开车的时候就摆出木板用来标示目的地，路人看到的，有的是“浒山”，有的是“慈溪”，随便，好像是一回事，就连停车的间隙，售票员阿姨下来招徕乘客，也是扯着嗓门，一会儿喊“慈溪”，一会儿喊“浒山”，反正要去的是同一个地方。这就把小小年纪的我给搞糊涂了，难道慈溪就是浒山、浒山就是慈溪吗？为啥一个地方要叫两个名字？我记得之前老师教过，庵东属于慈溪，我们是慈溪人，可是照眼前的情况来看，慈溪就是浒山，而浒山离庵东还远着呢，那么庵东就不属于慈溪，我们就不是慈溪人喽？这样的“逻辑题”真能整得我脑瓜疼，更让我失望的是结论，原来我不是慈溪人。可我一直当自己是慈溪人啊！

于是去浒山的路也就成了去“慈溪”的路。早年间这条路真的很漫长，那时候庵宗公路还没开通，城乡汽车并不直接过宗汉抄近路到浒山，而要绕一个大圈，从庵东汽车站出发，沿着庵余路开到芦庵线，经长河、天元两镇，到 329 国道路口左拐，已进入余姚市北部区域，再一路向东，先后过芦城、历山两个村，才开到浒山，抵达慈溪西站。这一路走走停停、上客下客，足足要开一两个钟头。一条远路、一辆慢车，来来回回好多年。

二十世纪九十年代，小镇上的孩子课余学才艺，因为条件有限，大多会选择书画。我妈也不知是听了哪位老师的提醒，说我坐得住，也喜欢涂涂画画的，适合学画，镇上没什么像样的培训班，老师还建议我妈带我去市青少年宫学。然而乡镇的孩子哪那么容易享受到市里的资源？不过我妈又打听到有青少年宫的老师周末在自己家里办班，我可以去学。我妈主意也挺大的，当机立断，每周日她带我坐车去浒山学艺。

就这样，每周日的白天，我妈一准拉着我到老汽车站，坐上破旧的中巴车，一路颠簸，开往那条在我看来是“去慈溪”的路。暑假里天最热的时候，骄阳似火，灼热的阳光总能烫醒脑袋耷拉在车窗上昏昏欲睡的我，迷迷糊糊地看一眼坐在身边的妈妈，又继续安心睡去。印象中那位老师的家在小茶亭一带，我们坐到慈溪西站下车后，会再叫辆黄包车坐过去。

在老师家主要学水彩画，一群孩子一学就是半天，而妈妈们就在外边干等。老师家真好啊，有彩色电视机。画好的画，老师点评完之后，我们可以带回家，我把自己的“杰作”都贴在了家里的墙上。

下课后，若时间还早，我妈就会带我去附近逛逛，那是我最期待的事。我最爱去三北市场，因为那儿有邮票摊，对着那一地花花绿绿的邮票簿，我一蹲下就挪不开步了，翻翻这儿翻翻那儿，兴致盎然，势利的小贩总是显出一脸的鄙夷，嘟哝几句："小孩子不买就不要翻。"其实我买还是买的，只不过我知道妈妈钱不多，所以也只敢央求她买几张便宜点的。我妈也会带我去逛商场，那时浒山城里还没几家大型的商场，记忆中先有供销大厦后有金山商厦。在那里我头一回见到五块钱一根的"梦龙"棒冰，我哭着闹着要吃，我妈犹豫了很久，咬咬牙还是给我买了。解放中街开出了全慈溪第一家"肯德基"，我也是在那里第一次吃到了洋鸡肉，还拿到了套餐玩具，回去在同学面前炫耀了好一阵子。

初中我去阳光实验学校，高中我上慈溪中学，都住校，所以仍是每周末坐车去浒山，只是不再需要妈妈陪着。城乡间的交通也一年年越发便利，反倒没了昔日"道阻且长"晃晃悠悠的那种感觉。这条"去慈溪"的路，前前后后我走了二十来年。

到宁波市区工作生活后，买了车，把母亲也接了去，从此回慈溪便少了。有一次，开车带母亲回老家，途中听她说起，以前去趟浒山，回来连公交车都不舍得坐，愣是两条腿走回家的，又听她自言自语地感叹道："住乡下的时候盼着去镇上，住镇上的时候盼着去浒山，住浒山的时候盼着去宁波，没想到，真的住到宁波来了！"我握着方向盘，微微一笑。透过后视镜，无意间瞥见母亲靠在车后座上安详的睡容，我油然感到一缕温馨。车子稳稳当当，驶向父母之乡。

（本文原载于 2018 年 12 月 19 日《慈溪日报》，署名“车厘子”）

怀念周乃复先生

这是一个多事的春天。2 月 22 日傍晚，意外得知周乃复先生于昨日深夜在慈溪辞世的消息，一时间五味杂陈，整个晚上，我都陷入了沉默。可以这样说，多年来，周先生是我唯一记挂的慈溪文化界老前辈。

周家家属知会第二天上午在慈溪市殡仪馆举行简短的告别仪式，正值周日，我想着无论如何，必须赶去送周老最后一程。次日一早，我从宁波家中出发，直奔慈溪殡仪馆。等我赶到灵堂的时候，门外已聚集了不少前来吊唁的人士，灵堂内外的墙上摆满了社会各界送来的花圈，署名既有官方机构和各级领导，也有逝者生前诸多知交、同事、学生等。身后哀荣，多少也可窥出周老先生在人们心目中的分量。

我走到近前，家属上来为我佩戴黑纱，因为觉得面生，便问我："你是——"我很认真地回答："我是周老师的一名小学生。"说罢俯身拣了一枝门口筐中准备好的黄菊花，神情肃穆，对着周老师的遗像恭恭敬敬三鞠躬，然后献花，再缓步绕行玻璃棺一圈，瞻仰遗容——周公，我来晚了！

走出门口，周老师的哲嗣周天大哥过来答礼，并递给我一包烟。他也不认识我，但听说我是只身从宁波专程赶来的，想必感受到了诚意。离开灵堂，我踱步到空旷的前庭，伫立良久，此时晴空湛湛，微风和煦。平常并不抽烟的我，特意打开了手上的烟盒，抽出一支点燃。烟雾缕缕中，我百感交集，昔日与周老师过从的点点滴滴，霎时都涌上心头。

周乃复先生诞生于1935年，近年多次因脑梗住院，终告不治，享年八十有六。论年纪，他老人家十足是我这个"85后"的爷爷辈。关于周老师的生平，在百度百科里尽可以查到相关履历，本无须我赘述。他原籍嵊县，1957年大学毕业后到慈溪工作，长期从事中学教育，1988年奉调慈溪方志办，直到退休。在周老漫长的人生中，曾有过多种头衔，如慈溪市政协常委、慈溪锦堂师范学校副校长、慈溪市作家协会主席、《慈溪县志》和《宁波市志》副主编……而盖棺定论其一生最高的成就，自然是在地方志编纂领域。

其实我对周老师的毕生功绩谈不上熟悉，更多的是在交往过程中为其人格魅力所折服。因我认识周公也晚，不过是这十年间的事，那时我大学毕业回到慈溪参加工作没多久。当时周老师已年逾古稀，却依然活跃，正热衷于地方志比较研究，他念兹在兹想在慈溪找一个既懂日语又有文史功底的助手，机缘巧合辗转就找到了我。之后我便到他办公室正式拜访，周老师退而不休，十多年仍坚持每天去市方志办工作。虽然相识不久，周老师跟我也不客套，开门见山就讲述了他对于这一学术课题的构想，并希望我能发挥专长，帮助他搜集各类图书馆馆藏的方志书目，他还赠我相关专著，以资参考。我那会儿年轻识浅，不及多想就答应了下来，可是等我尝试着手时，才发现困难重重，一来我不可能实地走访而只能寻找网络资源，但实际效果挂一漏万，二来我当时本职工作薪酬低微，尚在为生计犯愁，哪里会有这般象牙塔似的“闲心”？皆因我个人缘故，此事后来不了了之，使我每每觉得愧对周老师的期望。幸而老先生大度，不以为忤，往后依然很关照我。慈溪本就是县城，地方小圈子也小，平时我们经常能在各种场合碰面，同席吃饭时也常挨着坐，老先生年纪大了，耳背，总要戴个助听器，却还乐于和我们这些晚辈聊天。他业余爱去老年大学参加市诗词学会的活动，有时候也会特地带上我，交流诗词写作心得。周老师惜才，我亲眼见过他为帮助一位擅写诗词但失业在家生活困难的青年而向自己的老友开口求情，拜托他们介绍工作。

一些朋友对周老师有种“刻板印象”，因为时常见他表情严肃，便想当然地认为是生性严苛，而我在和周老师一直以来的交往中，从未感受到任何的疾言厉色，不苟言笑只是老人家的表面。按我的理解，周老师实则是一个不喜欢说废话谈空话而谋事做事径入主题的人，正如孔子说的“君子欲讷于言而敏于行”。除了业务以外，我还见识过周老师生活中相当可爱的一面。2012 年的秋天，我随慈溪市地名学会去安徽省采风，周老师也在其中，同行的会员里，大概就数周老师最年长而我最年轻，结果晚上入住酒店时，恰好我俩被分到同一间房，于是一老一少相伴多日。那时我很好奇周老师还带了一台笔记本电脑，以为他要写什么东西，没想到进了房间，我见他洗漱完毕、浸好假牙，然后竟然泡了一杯咖啡，抽着烟，打开电脑，津津有味地看起了韩剧！我在后边又觉惊讶又觉好玩，那一年周老师已年近八旬，大晚上的喝咖啡、看韩剧，我才知道咱们慈溪原来还有位这么“潮”的老爷爷。

…………

匆匆一别，返回家中，静坐书房，瞥见周老师相赠的书仍在书架上，而送我书的老先生已永远地离去了，尽管他不是名满天下的大学者，但却是我心目中真正的一代完人。哀思无限，我用七言古诗的形式，急就《追悼周乃复先生》一首：

嵊县周公讳乃复，不辞长作溪上人。
青春课徒栽大木，弦歌遗业锦堂门。
学高身正为师范，德崇智博有令闻。
壮岁淹通始修志，新舆焕蔚以弘文。
敏行讷言博返约，兼资理工技傍身。
我谒夫子也晚迟，公视童子亦同仁。
座中趋前常聆诲，席上把盏每话温。
更倾禀囷多教益，长思恩泽自抚扪。
岂因问候久疏后，乃阙清音应有恨。

翁享遐龄登耄耋，一日忽归道山岑。

空余鸾音啼春色，缥缈鹤驾接星辰。

秋斋寂寂琴书静，东海茫茫音容真。

遥知先生入蓬莱，永嘉后学长精神。

周公千古！我永远怀念您。

（本文原载于2020年3月2日浙江社科网）

上林湖畔杨梅红

一

慈溪这个地方有山有海，但山与海的位置似乎泾渭分明，北部临海，南部面山，有海的地方就只有海，有山的地方就只有山。

所谓的海，其实也只是茫茫东海里的一朵小浪花，杭州湾南岸的一隅海角，长年的泥沙冲积导致海水混浊泛黄，看过去俨如黄河。沧海桑田，人世变迁，一代一代围垦成陆，自一塘至十一塘，半径不断延伸，才从“唐涂宋地”渐成现今的规模。汽车自南向北开到七塘公路的位置，扑面吹来的风中便能清晰地嗅出一股子海滨独有的腥咸味。这里的盐碱地产不了多少粮食，只适合种棉花和一些西瓜、葡萄之类的寻常水果。

不是说“慈溪杨梅甲天下”吗？想吃杨梅，别来海边，要往山里去。慈溪南部的几个乡镇，多江南丘陵地貌，山峦耸翠、连绵蜿蜒，山间遍植杨梅树。这些山大多没什么响亮的名头，本地人习惯统称其为“杨梅山”。

杨梅是一种神奇的水果，首先本就不多见，每年只上市一回，前后大约只能持续一个月时间，之后便骤然销声匿迹于水果市场；其次杨梅异常娇贵，鲜果难以久存，一旦摘下来就得尽快吃掉，否则“一日色变，两日味变，三日全变”，实在吃不完的，只好拿来泡杨梅酒；再者就是杨梅酸中带甜，不但好吃，而且还有药用价值。大多数的水果，再是好吃，吃多了也不免要闹肚子，唯独这杨梅，多多益善，吃了有利于肠胃，泡的酒，盛夏天里喝了还能祛暑。福建、江苏等地也产杨梅，我都吃过，滋味远不及咱慈溪杨梅！这慈溪杨梅，仿佛就是《西游记》万寿山五庄观中产出的异宝“人参果”，天地间只此一颗“灵根”。记得小时候乡土教材里就有“杨梅仙子”的故事，可知慈溪有幸，这带着“仙气”的水果落生在三北大地上。

横河、匡堰、桥头，都是盛产杨梅的乡镇，但若仔细去品味，桥头杨梅可称最佳。

二

我是个地地道道的“海里头人”，自幼生长在七塘以北的海濡盐碱地上，海风猛烈，吹得一身皮囊黑黢黢的，所以特别向往山清水秀的地方，每年吃到杨梅的时候，总想着要是我家也在杨梅山，也有杨梅树该多好。

这时候我会很自然地把目光对准桥头镇。桥头有山，山名栲栳，清泉飞瀑，植被苍翠，鸟语花香，全长三公里的栲栳山古步道为国家级健身登山步道。桥头有湖，湖名上林，恰在栲栳山北麓，一泓碧水，清冽甘甜，千百年来滋润着这一片灵秀之地，上林湖越窑遗址更是国家级文保单位！

多年来，我不止一次地到过桥头，每每都爱直奔上林湖，单是站在渡口，迎着湖风，便已觉心旷神怡，陶然忘机了。我还曾作为翻译人员陪同到访慈溪的外宾来上林湖游玩过。当时我们引着外宾泛舟湖上，饱览湖光山色一派美景，并登上荷花芯越窑遗址。当客人们亲眼看到古时留下的烧窑遗址和青瓷碎片，都忍不住啧啧称奇，直竖大拇哥。临走时，客人们还一再嘱咐我们，一定要保护好青瓷遗址和这个美丽的湖，以后让全世界的瓷器爱好者都来看看。

令人流连忘返的上林湖，美得无以复加。

（本文原载于2020年7月18日慈溪市桥头镇微信公众号“桥头发布”，署名“车厘子”）

榨菜与咸白菜汤

大年初三，二姨家摆酒席招待亲戚。她家在长河镇牛车路，当地人习惯管这里叫“大云”，因为原属大云乡，后来并入长河镇。牛车路往北过了七塘公路，就是杭州湾新区的西二和西三两个区域。

二姨父在门口陪客人，说他在“做小工”的那家榨菜厂旧年效益不好，等正月过后他就准备去辣椒厂做工了。我忽然想起来这一带是盛产榨菜和辣椒的。

余姚榨菜的主要产地实际就是杭州湾南岸的几个乡镇，由西向东依次是黄家埠、临山、泗门、小曹娥、朗霞、低塘，紧邻慈溪的周巷、长河、庵东等镇，以上构成了早年所谓的姚北地区。地缘相近、人缘相亲，风俗也差不多。

杭州湾畔的盐碱地，种粮食难，种榨菜倒是挺合适。我们吃到嘴里的榨菜已经是一种腌制好的成品，其原料是种在地里的一种新鲜菜头。这在我老家的乡间地头随处可见。

菜头的叶秆较长，直立在地表上，看过去碧绿，等到成熟时则会泛黄，它的根茎呈圆球形，带几层瘤状凸起，埋在土里，挖出来表皮是浅绿色，切开来茎肉是乳白色，要吃的就是这个圆茎。菜头的收割期是在每年的初夏，最迟到 6 月份，地里的菜头都要收割上来，简单处理后就集中堆到腌渍池里进行腌制。你肯定想象不出腌渍池是什么样子。按我们农村的土方法，就是在田垄边上就地掘一个方方正正的土坑，大小与石灰池相似，然后往坑里铺上一张薄膜似的油布，再把收获的菜头抛进去腌制。榨菜在腌制过程中会产生一种浓烈的腐臭味，过去一到夏季，车开在七塘公路上，杭州湾沿岸本就带有腥咸味的海风杂着一股熏人恶心的臭气扑鼻而来，就知道又到菜农们家家户户腌榨菜的时候了。不明就里的人，远看腌渍池可能还会误以为那是粪坑，实在“埋汰”得很，如果得知榨菜就是从这些池子里腌制出来的，估计也不敢吃了。早些年菜农们都是自己挖小池子腌菜，再把初步腌制好的菜头卖给来收购的厂商，这种情形现在已少见了，而多是榨菜厂大批量收购生菜头，然后集中到厂家的大池子里腌制，再流水线生产包装。成品的榨菜，色泽暗黄、表皮发皱、口感爽脆、味道鲜辣，尤其切成或方块或长条，小袋包装，更是佐餐佳品。从小到大，我不知喝过多少碗榨菜肉丝汤，那一条条细细长长的榨菜丝，就是撕开一袋又一袋“余姚榨菜”直接倒出来的。

汤，家常菜里无非就那么几种做法，宁波人爱吃咸畲汤，还有句俗语“三日不吃咸畲汤，脚骨有念酸汪汪”。这个汤在余慈一带当然也做，但有一道汤，以我局限的见闻来看，似乎只有姚北地区才常见，方言俗称“咸白菜汤”。所谓的咸白菜，就是腌过的白菜，我们当地习惯用胶菜来腌，胶菜是小白菜的一种，类似于净菜超市里卖的五号菜。北方人过冬也爱腌白菜，不过以大白菜居多，在漫长的冬季里，那是老百姓主要的维生素补充来源。《南史》记“菜食何味最胜？春初早韭，秋末晚菘。”菘就是白菜，最简单的食材，竟可以做成至味。我们老家的咸白菜，纯用盐腌，如果干吃，入口是很咸的，大概只有早年间穷苦人家从事重体力劳动者才吃得惯，后来就有人想到了做汤，只把咸白菜切段放入白水中煮熟，开水冲淡了咸味，再加少量醋，就变成了一道酸咸可口的下饭汤。

在我的记忆中，逢年过节亲友聚餐，如果是家宴，主人家必上这道咸白菜汤，而且上的次序一定是摆在最后。

吃了那么多年，直到今年春节在二姨家的酒席上，我才恍然明白过来，为何总是最后才上咸白菜汤。现在哪桌酒席不是山珍海味、肥甘厚味？吃过一轮，早已满嘴油腻、舌头发木，《老子》说“五味令人口爽”，此之谓也。这时候，你如果还想端端正正吃碗饭，就亟须一道收敛味觉的菜肴。于是乎，咸白菜汤大轴登场，热气氤氲中，教人舒舒服服送下一碗米饭，对味蕾和肠胃有个清清爽爽的交代。

榨菜与咸白菜汤之于我，既是情牵故土最质朴的乡野风味，也足具浓郁鲜明的地域特色，一说就知道乡关何处。家乡总有那么几样土生土长的菜，极寻常，但总能使我们在现代越发无趣的亲友酬酢间，从埋头于手机和平板电脑的数码沉溺间，猛然跳将出来，治愈无所依归的空虚。

（本文原载于2021年3月30日《宁波日报》，署名“车厘子”）

第三辑　宁波生涯

蝉 鸣

早起上班去，下楼时在楼道里看到一只黑乎乎的虫子，低头仔细一瞅，原来是只知了，仰天八叉地躺在楼阶上一动不动，我以为是只死的，便好奇地挪脚尖轻轻碰了下“尸体”，谁料它立时就“诈尸”了，迅速扇动翅膀、原地打起转来，我马上明白了，它是不小心翻倒在地，一时又转不过身来，所以只能这样干耗着。

想到这，不由起了怜悯之心，正好楼道间的窗户也大开着，我便附身拾起这只“大虫”，把它抛出窗子放生，就在重回空中的那一刻，知了顿时活泛起来，就势扑棱棱挥翅飞走了。不多一会儿，就听到远处传来一声清脆而舒坦的蝉鸣，想必就是方才那位与我“萍水相逢”的朋友以一曲高歌庆贺自己劫后余生吧。

这并非是这个夏天里我听到的第一声蝉鸣，但绝对是最爽利的一声，此前溽热潮湿连月不开的梅雨天里偶尔也听得几声，只是时断时续，哪有这般通泰？听一声像样的蝉鸣，仿佛原汁原味的夏天才正儿八经地来到。

从科学角度讲，蝉是害虫，我放它去，算是“放虎归山”，但稍一细想，现如今城市里的知了只有越来越少、断没有越来越多的道理，也从未听说哪个地方因知了而闹灾的，所以放走一只，谅来也不足为祸，又听它几声欢快的鸣叫，在寂寥的城市上空平添一分趣味。

记忆中幼年在农村生活的夏天必是与知了相伴的。小孩子人手一根粘竿，捕蜻蜓蝴蝶之余，当然也可以网蝉。蝉一般都趴在顶高的树上放声歌唱，所以要想抓住它，还需学会爬树。“吭哧吭哧”上了树，小心翼翼把它网下来，用细绳系在知了的“脖颈”处，然后另一端拉在自己的手里，手一挥，知了就在空中飞起来，可是又逃不出你的手心。现在城里的孩子恐怕只知道遛狗玩了，哪里晓得世上还有“遛蝉”玩的乐趣？

蝉不仅能拿来玩，还能拿来吃，这倒不是什么骇人听闻的“吃虫”行径，而是老饕都知道的，蝉能入药，自然也能做菜，用油炸了，酥脆可口，又是一道别样的人间美味！

每当在寂寂夏日里蓦地听到一声悠长的蝉鸣时，我总不免联想到日本“俳圣”松尾芭蕉的代表作《古池》中的名句：

闲寂古池旁，
青蛙跳进水中央，
扑通一声响。

青蛙跳之前，一切都是静的，青蛙跳之后，一切仍会恢复平静，表面上是无休止的静，内里却蕴含着一种大自然的生命律动和无穷奥妙，飘溢着一股微妙的余情余韵和一种清寂幽玄的意境。——中国的蝉鸣与日本的蛙鸣，一样是重归于寂，但炎炎夏日中那一声或短或长的生命鸣唱，纵然再是突兀，悦耳总也远胜满大街豪车尖锐的喇叭声。

（本文原载于 2014 年 8 月 4 日《宁波晚报》）

宁波知味人

——《宁波老味道》初版序文

柴隆先生的大作付梓在即，嘱我为新书写序，深感荣幸，自当全力而为。

书名《宁波老味道》，专讲宁波饮食文化，着一“老”字，而意境全出。既是事关吃喝，所谓“巧妇难为无米之炊”，作序之前，我自然要好好拜读一番。可真等到将柴兄交给我的厚厚一摞书稿看完，先睹为快之余，剩下的便是咀嚼不尽的滋味了……仿佛《红楼梦》中，香菱读着王维的诗，“念在嘴里倒像有几千斤重的一个橄榄”，愈发觉得此篇序文实在微不足道，匹配不上此书之精彩！

清人沈复著《浮生六记》，而柴兄亦将这本《宁波老味道》分为六个部分：一、四时之味；二、传统之味；三、市井之味；四、怀旧之味；五、闲食之味；六、乡土之味。六味荟萃，味味属精大雅。

每一“味”中，皆有十几样宁波地道的吃食，每样吃食，皆是一篇优美的小品、一则动人的故事、一段温馨的回忆。体例完备、内容丰盛，不独甬上老三区，连宁波大市的各个县（市、区）之味，也大多收罗其中，正宗“老味道”基本都涵盖在内，道前人所未道，着实让人又惊喜又钦佩！

写美食，须得先懂美食，好在以文人而兼美食家身份的，历来不乏其人，都是文章好手中的“吃货”，深得食中三昧。而在宁波，倘在报纸上开个美食专栏，专写饮馔文谈，恐怕就非柴隆兄莫属了！

难得的是，柴兄不光会吃能写，而且自己烧得一手好菜，自厨房捧出的一道道惹人垂涎的家常小馔，往往是他亲自掌勺的得意之作，嫂夫人只需在旁打打下手，落得个清闲。我这个尚未成家的单身汉，有幸被邀至府上享受“家宴”的待遇，徽州的毛豆腐、宁海的麦饺筒、前童三宝、白鲞冻等，这些平常我不曾尝试的各地风味，也正是在他家的席上才得以一饱口福。

因为爱吃、会吃、能吃，甬城大大小小的餐馆饭店，但凡做得好菜，几乎没有他没去过、没吃过的。

柴兄追寻美食的脚步，又确实令我汗颜。为了写好此书，柴兄携朋友扛起相机，几乎走遍宁波大市范围的每一处市集，孜孜不倦地寻觅他笔下的种种“老味道”。我是慈溪人，当他来慈溪寻访时，我们驱车接连找寻了“白沙肉饼子面”“金山生煎”“横河大肉面”三种慈溪小食。每到一处，热气腾腾的小吃端到桌前，柴兄总是两眼放光，往往顾不上吃，一会儿拍照，一会儿询问店家，一派孩童般好奇天真的模样，那股子痴迷的劲头，实在令人感慨。

柴兄书中开篇先讲“四时之味”，且以时令、节气对应各类吃食。宁波人日常做菜，本就多是就地取材，简单易得，极少用珍贵食材，连烹饪方式也是崇尚简易，往往一浸一捞后，便是一道“透骨新鲜”的好菜。书中描述的，无一不是家常小菜、传统小食，甚至是上不得台面的乡野风味，独不见大户人家家里动色骇闻的“珍馐天物”。作者描写日常之饮食，显示宁波人心思智慧、手段技巧之高妙，至矣尽矣！

我个人最爱作者在书中反复提到的一个词——“做人家”。这是一句宁波方言，意思是勤俭持家，此种风气贯穿于老宁波人生活的始终。常听坊间流传，过去宁波人日子都过得清贫，吃饭吃菜也就厉行节俭，一份蟹糊摆上桌，用筷子尖蘸了，唯恐过多，还要甩上几甩，才肯放进嘴里下饭；抑或“三颗泥螺过一碗热泡饭”，如此等等，老宁波人“做人家”的形象，可谓深入人心啊！

柴兄对宁波饮食文化的与众不同之处有着更深切的体会和理解，在《“七浆八浆”与“糊辣”》一文中，用他自己的话说：“我自小在北方长大，看惯了大碗炖肉、大锅煮菜的情景，那是北方人的做派、北方人的讲究。定居宁波已经多年，我逐渐在宁波人的‘下饭’里，慢慢地体会到江南的人文与生活情趣……”

柴兄捷才，以不到一年的时间，写就一本趣味盎然的好书，用他的生花妙笔，将宁波本地各色吃食肴馔的前世今生、来龙去脉一一道来，又能紧扣“老味道”三字，写出了市井味，道出了烟火气，描绘了宁波人的精明与世故，写出了宁波人的坚韧与大气，把我们脑海深处的美味记忆重新唤醒。“食不厌精、脍不厌细”，“割不正不食”，可知好吃也是一种积极的人生态度，美食也是一门正儿八经的大学问。而此书还广泛涉及宁波人生活的各类细节，又何尝不是一本佳作。

我在宁波这几年，多承柴兄一家关照，深情厚谊，无以为报。书生人情纸半张，权以此文聊表谢意，并致祝贺。

我们都爱宁波。

是为序。

（本文为 2016 年 1 月出版的《宁波老味道》一书序文）

月湖觅诗影

初到海曙区工作那会儿，得空常去月湖边转悠。不仅爱其秀美的风景，更因为“一部宁波史，半部在月湖”，月湖一带，堪称宁波的人文渊薮。

宁波自初唐始称“明州”，日月为明，后来城中恰也形成日、月两湖，千载以降，沧桑历尽，昔年之日湖业已湮灭，而月湖终得留存。月湖是宁波城的母亲湖，开凿于唐贞观年间，因湖面圆处像满月，曲处似眉月，故称月湖。一条柳汀街，连接东端的陆殿桥与西端的尚书桥，将如今的月湖分为南北两半。这南北分界的中心，形成一个小小的柳汀岛，我每次走过，都不由自主地要在小岛尽头处门牌号为“柳汀街150”的一幢盎有古意的文物保护建筑前驻足停留，仰头凝视门楣，正上方镌刻着四个小篆体的大字：贺秘监祠。

我也努力地回忆着自己幼年背诗时的情形，但已无法确定到底是从哪一首诗开始的。不过，我可以笃定地说，《咏柳》和《回乡偶书》这两首诗，必然位居中国孩童唐诗启蒙作品的前列，诗的作者贺知章，世称“贺秘监”。

贺知章自号“四明狂客”，他的籍贯从现在的区划来讲应该是杭州萧山，其仕途也跟宁波无关。既非宁波人，又非宁波官，何以宁波月湖边会有一座纪念他的祠堂？好在祠前字迹模糊的碑文给出了解释，南宋时郡守莫将在贺读书处建“逸老堂”，祀贺知章和李白，元时始作祠专祀贺知章，明初祠移今址，现祠系清同治四年重修。

照此推想，莫将可能是贺知章和李白的忠实“粉丝”，所以才会特地给自己的“偶像”盖纪念堂。“李杜诗篇万口传”，读唐诗的谁不知道李白和杜甫？然而，放在当时，如果贺知章站到“李、杜”两人面前，他俩肯定会毕恭毕敬地向贺老先生行大礼，就算磕头也不过分，因为贺知章第一次见到李白时，贺知章已八十多岁，李白才四十出头，而杜甫那时才刚刚三十而立，着实小字辈。当然生性狂放的贺老爷子完全没有倚老卖老，反而欢快地与小年轻们结成了忘年交。李白惊世绝艳的才华也是贺知章第一个发现的，“谪仙人”的雅号，正是贺知章送给李白的。后来李白能够进入唐明皇的视野，也得益于贺知章的大力举荐。贺之于李，亦友亦师，奖掖提携，知遇之恩莫深。至于小阿弟杜甫，用他的诗史，生动还原了这些顶尖诗人们当年逸兴遄飞的交游，如《寄李十二白二十韵》开篇即是“昔年有狂客，号尔谪仙人”，而《饮中八仙歌》中贺知章和李白堪称两位最重量级的“酒仙”，“贺老神仙”资格最老，第一句就写他，“知章骑马似乘船，眼花落井水底眠”。

与李白、杜甫的诗作存世数量人均多达千百来首的规模相比，贺知章的诗现存仅二十首左右，而他的归宿，亦颇为传奇，按照《旧唐书》的记载：“天宝三载，知章因病恍惚，乃上疏请度为道士，求还乡里，仍舍本乡宅为观……至乡无几寿终，年八十六。”贺知章仙逝后，唐肃宗念旧，专门为他追封：“故越州千秋观道士贺知章，器识夷淡，襟怀和雅，神清志逸，学富才雄，挺会稽之美箭，蕴昆岗之良玉。故飞名仙省，侍讲龙楼，常静默以养闲，因谈谐而讽谏。以暮齿辞禄，再见款诚，愿追二老之踪，克遂四明之客。允叶初志，脱落朝衣，驾青牛而不还，狎白衣而长往。丹壑非昔，人琴两亡，惟旧之怀，有深追悼，宜加缛礼，式展哀荣。可赠礼部尚书。”一道由皇帝颁发的诏书，文辞都可以写得这般清新俊逸仙气飘然，唐代文学真是惊心动魄啊!

早春二月，再次站到贺秘监祠前，看淌过千年的月湖依旧碧波荡漾，岸边新柳抽芽，不禁吟起那脍炙人口的诗句：“碧玉妆成一树高，万条垂下绿丝绦。不知细叶谁裁出，二月春风似剪刀。”感谢贺知章，长伴一泓月湖水，滋润了整座宁波城的文脉。

（本文原载于2017年3月24日《宁波日报》，署名“车厘子”）

歌尽桃花扇底风

——记昆曲名家钱振荣老师宁波之行

深秋时节，10 月的最后一个周末，被我戏称为宁波的“昆曲周末”。因为在这个周末，北方昆曲剧院建院 60 周年全国巡演到了宁波，周五、周六两天，《续琵琶》《怜香伴》《牡丹亭》，北昆的三台大戏接连在逸夫剧院上演，令宁波观众目不暇接。北昆远道而来，南昆也不遑多让。与此同时，江苏省昆剧院的看家大戏“一戏两看”《桃花扇》全国巡演到了杭州；南北两大昆曲表演团体同时在浙江两大中心城市竞相演出，真是扎扎实实唱了一回“双城记”，昆曲事业一时间好不兴旺！然而“好戏还在后头”，就在那个周日，重阳佳节才过，也就是《桃花扇》杭州演出刚结束的第二天，《桃花扇》男主角侯方域的扮演者、江苏省昆剧院第三代演员中的佼佼者、著名昆曲表演艺术家钱振荣老师，携本院第四代优秀旦角演员徐思佳老师，应甬上枫林晚书店之邀，不顾舟车劳顿，专程赶来宁波，当晚即在南塘老街为宁波昆曲爱好者们奉献上了一场精彩的昆曲讲座。

上半年，我路过上海大剧院，看到剧院门外张贴着"'一戏两看'《桃花扇》"的巨幅海报，那时的演出由昆曲大师石小梅老师领衔，到了下半年的巡演场次，即以石老师的大弟子钱振荣老师为主，足见钱老师的实力。我久仰钱老师的大名，知他是江苏省昆剧院中生代的台柱演员，扮相既佳，嗓子又好，在舞台上塑造了一个又一个经典的昆曲小生形象，可惜我都只是在录制的节目里看过他的表演，连现场演出都未曾亲见，更不用说近距离接触本尊了。因此当我偶遇枫林晚书店郑老板，无意间听他提起最近钱振荣老师应邀要来宁波开讲时，不由得一阵激动，连连表态，希望到时候能一起接待钱老师，一睹名角风采，郑老板爽快答应。

于是一切都按照计划顺利进行。10 月 29 日上午，我随同郑老板一起到宁波火车站接人，10 点 30 分，钱老师和徐老师等一行人坐高铁准时抵达宁波。在人头攒动的出站口，我一眼就认出一身黑衣装束、身材挺拔的钱老师，连忙上前握手欢迎。我印象中的钱老师，因为总是与他粉墨登场的俊扮形象挂钩，所以不免误以为他还是青年书生的模样。但现实中的钱老师，已是一位恂恂儒雅的中年帅大叔了，一径笑吟吟的，说话和和气气，十分平易近人。这么一位大角，一点架子都没有，还真是令我意外，更感钦佩。接上两位艺术家后，我们便驱车送到下榻的酒店安顿好行李，又接去孝闻街的宁海食府吃午饭。车上闲聊，方知钱老师是头一次来宁波。我突然想到钱老师还是中国目前唯一一位在新编昆曲《梁祝》中饰演过梁山伯的演员，因此脱口而出："钱老师，您虽然第一次来宁波，但其实您与宁波很有缘分！您演过梁山伯，而梁山伯恰恰就是宁波人，这附近就有个梁祝公园。"钱老师一听还有这个渊源，非常开心，还不忘谦虚说："哪里，宁波是越剧的码头，《梁祝》又是越剧的经典之作，所以我们来到宁波，不敢说昆曲的《梁祝》有多好。"

我们在本地大名鼎鼎的宁海食府吃饭，席间自然少不得要上好些个宁波小海鲜的菜。钱老师也是满怀好奇，问这问那，吃得津津有味，徐老师更是对着那一碟冷盘装的血蚶惊得花容失色，我们同桌陪餐的人都笑起来。说来昆曲演员科班培养，考虑到方言因素，大多只能挑选苏州当地人氏，钱、徐两位老师，就都是地道苏州人，因此对海鲜陌生，并不奇怪。饭后钱老师兀自神采奕奕，丝毫没有要午休的意思，于是我们就直接安排两位老师去游览天一阁，宁波青年学者周东旭老师作陪，正好充当解说。从孝闻街到天一阁，不过数百米路，所以我们干脆步行前往，途经乌含巷，我还回头笑说：“钱老师，南京的乌衣巷名气最大，我们宁波则有条乌含巷。”

苏州城中处处是园林，而在宁波老城里已罕见明清园林格局的建筑，天一阁可算硕果仅存的一处，因此带几位苏州籍的昆曲艺术家来逛逛，更显得格外有意义。进入天一阁，在周老师如数家珍般的导游下，我们一下午几乎走遍了阁中的每一处角落。钱老师似乎特别钟爱传统文化，对每一处古迹、每一幅字画都认认真真驻足观看。尤为值得一提的是，我们还在天一阁的藏书展区看到了珍本古籍《吴吴山三妇合评牡丹亭》，对于昆曲演员来说，这应该也算是祖师爷留下来的“宝典”了吧。

这一天我们拥着两位昆曲名角一路走来，似乎注定与戏台有缘。我在天一阁秦氏支祠看到一座戏台，后来到鼓楼步行街又看到一座戏台，晚上去南塘老街，还看到了一座戏台，可惜都没有对外开放，要不然我们真该请两位角儿登台亮相小试身手，以风雅六百年的昆曲，让甬城戏迷真正领略什么叫“出将入相”，什么叫“霓裳同咏”。

晚上的讲座内容是普及性质的，示范表演所使用的剧目曲子，除了徐老师独唱及两位老师合演的《牡丹亭》外，钱老师独唱的部分，就只有《长生殿》的一支北曲《叨叨令》了。这对于我们这些“昆虫”来说，显然是意犹未尽的，不过许多慕名而来的听众已是如痴如醉掌声如雷了。另外钱老师还详细介绍昆曲小生行当的具体分支，从巾生、大冠生、小冠生、穷生、雉尾生五个门类逐一介绍开去，再配上一帧帧演员扮上后的照片，我猛然意识到钱老师不仅扮相俊美，而且他最大的特点就是戏路特别宽，小生的各种行当他基本都会，尤其巾生、大冠生、小冠生三门，更是拿手！这里又不得不提一下钱老师的师承，作为昆曲中生代传承人，钱振荣不但上承周传瑛、高继荣等老一辈昆曲艺人的余绪，更是亲炙于石小梅、蔡正仁、汪世瑜等多位当代昆曲生行演员中的大师级艺术家。这其中，石小梅老师是坤生界的翘楚，蔡正仁老师则被亲切地称为“蔡明皇”，汪世瑜老师号称“巾生魁首”，各擅胜场，可以说钱振荣转益多师、博采众长，得到了最全面最正统的艺术滋养。钱老师 1985 年毕业于江苏省戏剧学校昆剧科的时候，他们这一代演员，既是不易的，也是幸运的。不易是指他们刚毕业那会儿，正赶上昆曲发展最困难的时期，剧场里台下观众甚至比台上演员的人数还少，用他们自己的笑话形容就是“对着木器厂演戏”。幸运的是他们仍以极大的热情坚守着舞台，在他们年富力强的时候，赶上了昆曲艺术的复兴，他们恰成了引领这股潮流的中坚力量！

当晚讲座接近尾声时，主办方还专门设置了钱振荣昆曲专辑《金声玉振》的签售环节，钱老师的新书《吴歈传铎——钱振荣昆剧表演艺术纪实》也已在火热制作中。我欣然购得一套钱老师亲笔签名的《金声玉振》专辑，打开线装本，即看到一篇序文，作者张弘是江苏省昆剧院著名的编剧专家，也正是石小梅老师的先生，当然更是钱老师敬重的师长。序不长，其中有几句话读来特别熨帖：“我是看着他在艺术上逐步成熟的，他出身吴地，昆曲语言上毫无障碍，在台上演绎的多是柳梦梅、潘必正、郑元和……这些个风流公子，而我眼中，从认识开始，便觉钱振荣是个老实孩子，几十年来都保持着诚恳与踏实。”也正是钱老师的这份诚恳与踏实，给我留下了深刻的印象。尽管我们仅有一面之缘，但钱老师温和的笑容、谦逊的言行、认真的态度，无不如秋日暖阳，热人心头。

钱老师这趟宁波之行非常成功，我有幸全程陪同，侍奉左右。如果非要说点个人的遗憾的话，大概就是钱老师因为在杭州演出《桃花扇》才有空光临宁波，但这次讲座中却丝毫未涉及《桃花扇》的元素，而我本人是非常喜爱江苏省昆剧院《桃花扇》的，以至于日常还会自顾自哼唱几句剧中的曲词，特别是开场那支《懒画眉》：“乍暖风烟满江乡，花里行厨携玉缸，笛声吹乱客中肠，莫过乌衣巷，是别姓人家新画梁。”词好曲美意境佳！希望下次钱老师再来时，我还有机会当面讨教，斗胆与之合唱一回这支曲子吧！

（本文写于 2017 年 11 月 8 日）

“华园”芳华一曲尽

花开花落是自然规律，而开在宁波闹市区的老牌酒店亚洲华园宾馆，最终没能熬过这个寒冬，正式对外宣告停业。宾馆大堂墙上天气预报牌显示的最后日期，永远地定格在了2017年12月8日——距离1987年宾馆开业，时间已经过去整整30个年头。

在2017年年底无意间读到《宁波晚报》上题为“亚洲华园宾馆悄然落幕”的整版报道时，我突然心头一紧，就这样永别华园宾馆了吗？

我生平其实只去过一次华园宾馆，那也已是小时候的事情，却至今记得。老家在慈溪的我，家族中有位长辈早年间办实业发了大财，差不多成了当时镇上的首富，后来索性举家迁到宁波定居。他买的别墅，即在宁波市区最早的一片别墅区“繁景花园”中。我到海曙区工作也已有些年头，时常会路过马园路 271 号的华园宾馆，却总也忘了发兴进去看看，每次匆匆一瞥，只瞥见门前“亚洲华园宾馆”六个鎏金繁体大字在阳光下闪耀。实则我一向把“华园宾馆”认作“花园宾馆”，因文言文中“华”“花”同字，而宾馆名称的英文翻译也确实用的是“Garden”（花园）一词，更何况宾馆外墙上贴着的也是一朵花的图样。这座曾经姹紫嫣红开遍的“花园”，到底敌不过三十年来风雨的冲刷，终将都付与断井颓垣。

渺小如我，与名噪一时的华园宾馆交集大概仅止于此，只是没想到后来还能机缘巧合认识宾馆的第一任中方总经理程浦先老先生。因他有过这个重要职务，所以即便已退休多年，我们见到程老先生，依然习惯恭恭敬敬叫他一声“程总”。程总年近八旬，人生经历堪称传奇。他生于上海，家境优渥，自幼热爱文艺，尤其痴迷苏州评弹，可以说是在上海的书场里“泡”大的。不单是老听客，他在二十世纪五十年代初就开始自学弹唱，“七煞档”全揽于耳，可谓名票。1965 年大学毕业后，他到宁波参加工作，直到 1999 年从华园宾馆退休。宁波在江南地区算得上苏州评弹能流行到的最南码头，至今宁波还有一处评弹书场，那就是城隍庙边的“民乐书场”，程总也曾在那里办过专场演出。平常每个周日的上午，程总都会带着一帮相识多年的老票友，聚到他家小区的活动室里，一起切磋交流评弹技艺，他们也组成了宁波目前唯一的评弹票友社团——宁波联谊评弹票房。我正是在偶然的情况下进来这里，初次见到票房的核心人物程总，得知他退休前的身份后，更是肃然起敬。

程总方颐大口，气度非凡，往那儿一坐，一看就知道是位老领导。毕竟年纪不饶人，程总有多年眼疾，视力大损，前些年又动了肩椎盘手术，更是日常走路都需人搀引，但只要一抱起琵琶或三弦弹唱，他就立时精神抖擞、容光焕发。老人们围坐一桌，弹唱之余，当然还要“抚今追昔”。

更多的时候，作为年轻人，坐在活动室里听老人们弹唱，也看着他们日复一日地老去，我心底会莫名涌起一阵伤感。特别是每当程总唱起他的拿手曲目杨调弹词开篇《剑阁闻铃》时，听眼前这位白发苍苍的老人唱着“天宝遗事”，再联想到华园宾馆的结局，总不免有种“白头宫女在，闲坐说玄宗”的错觉，又或是“江南逢李龟年”的沧桑感。这是属于他们那一代人的芳华，也是一个时代的芳华，如今谢幕了。

（本文原载于2018年1月26日《宁波日报》，署名“车厘子”）

学院的咖啡馆

家搬到高桥镇后，与大红鹰学院成了紧邻，如今应该叫宁波财经学院了。我家属于学院社区，与宁波财经学院隔着一条学院路，我们小区的大门正对着学院的东二门。大学的对外开放程度远高于中小学，来人进进出出，门卫大叔一般是不会拦路盘问的。大学也像个“小社会”，各类设施应有尽有。背靠这样的优质公共资源，我也乐得把学院的校园当作自己的乐园，得闲总去逛逛，以至于老妈回到家发现我去向不明时，我往往已在微信中向她报备，简明扼要四个字：“我在学院。”

我在学院做什么呢？我会去操场跑步锻炼，也可去图书馆、自习室、食堂，当然最爱去的，可能还是咖啡馆。

其实我对咖啡也没啥特别的偏好，并不会纠结于站队，只是一个爱好阅读和写作的人，业余时间带上书和笔记本，走进咖啡馆，点上一杯咖啡，慢慢啜饮，静静沉思，显然是最佳的选择了。

市中心随处可见的咖啡馆，在郊区却是稀罕地儿，要觅一处窗明几净的雅座馆子坐下来喝杯咖啡，那可不容易。这也算是我迁居城郊后的一桩心事。还好有大学，校园里就有咖啡馆。学院的咖啡馆总带着几分学院风，空间不大，布置简洁，不似外边的咖啡馆那般走小资情调而装潢考究，且面向的消费群体主要是学生，所以校内的咖啡标价自也低廉许多，惠而不费。

学院里不止一家咖啡馆，我首选当然是离自己家最近的一家。这家咖啡馆的设计相当有特色，没有任何普通的粉墙，整个店铺是由两只集装箱拼接组成的。将箱壁部分凿掉，开了门窗，安上玻璃，里边自然就亮堂起来，阳光尽可以通透地洒入，也能遮风挡雨。箱子外围摆了桌椅，二楼还有露台，倘天气好，服务员把咖啡端到室外供顾客享用，咖啡的香气弥散在风和日丽的空气中，则是别样一番陶然忘机了。开在学院的咖啡馆还有个好处就在于一份独特的清静。校园里大抵是宁静的，鸟语花香，完全没有闹市区的喧嚣。咖啡馆小，出入的人也不多，不是学生就是老师，一张张带书卷气的面孔，完全不用担心社会上的人多眼杂，见得最多的情形就是小情侣在那打情骂俏，忙于功课的乖学生窝在角落里对着摊开的参考书伏案奋笔，青年教师带家人来闲坐、时不时还教孩子几个英语单词，发音格外纯正。话说回来，我这张脸要想冒充大学生估计挺难，偏偏去得又勤，一来二往就混了个脸熟，咖啡馆老板有一次很认真地问我："你是学院的老师吧？"一开始我没有接话，后来听对方"老师、老师"的叫多了也忍不住羞赧起来，只得如实相告，自己并非这所学校的老师，而是附近小区的居民，不过老板并不介意，往后依旧称呼我老师。许多年前，我的人生理想的确是当大学老师，过校园生活。

咖啡馆是正儿八经洋气扑鼻的外来事物，在中国土生土长的是茶馆。过去茶馆是国人的"信息集散地"，现在咖啡馆成了旧雨新知呼朋引伴的社交场所，当然，也可以是大龄青年相亲的好去处、文艺范儿者拍照打卡的取景地。幸好学院里小小的咖啡馆，兰生幽谷无人识，尚未受此波及。

《文心雕龙》谓"文之思也，其神远矣。故寂然凝虑，思接千载，悄焉动容，视通万里"，躲在咖啡馆里"胡思乱想"，不正是咖啡馆带给人们身心轻松的妙趣所在吗？只不过学院的咖啡馆唯有一项“不可抗力”，那就是学校寒暑假期间，店家自动闭门歇业，这时我便“无枝可依”了。好在新的学期马上又要开始了，我也内心雀跃一如新生，企盼着再度步入菁菁校园，喝到醇香可口的咖啡，感受那迎面而来的青春气息。

（本文原载于 2018 年 10 月 30 日《宁波日报》，署名“车厘子”）

情满秋江

——《十月》与我

晚秋，戊戌年十月初十，一个普通的周末，北国想必正是天高马肥的万里晴空，浙东宁波却笼罩在绵绵秋雨中。

上午送女友去江北区上课，间隙我到附近的区图书馆，预备看书打发时间。我第一次来，开车进去的时候瞥见图书馆南边是一片高大茂密的植被，在江南的深秋里，兀自苍翠欲滴。泊了车，我擎着伞，被景色吸引住，不知不觉缓步走去。绕过树丛，眼前闪出一抹亮光，豁然开朗，浩荡的江水奔来眼底——竟已来至姚江边了。这似乎是被市区遗忘的一角，绿荫遮蔽，人迹罕至，江面几乎与江岸齐平，秋水时至，加之细雨迷茫，迎面更添寒意。我走到栏杆边，发现竖着一小块石碑，一看更觉惊讶，这里竟是一处省级文物保护单位——青林古渡口遗址。“原来这就是青林渡!”我嘴里念出这个诗意的古津渡名。站在渡口眺望姚江，东西面各建有一座大桥。东面是座铁路桥，火车时不时地呼啸而过。西面是江北大桥，连接海曙区与江北区，桥上车水马龙自不必说，而奔流不息的姚江水，东去与甬江、奉化江交汇而成三江口，那是宁波城自唐中后期建城以来始终不曾旁落的市中心。西去流向“东南最名邑”余姚，途经发掘七千年古老文明的河姆渡遗址，顺着这条江一路北上，可以连通大运河。

秋雨秋江，古渡口使我一时流连忘返，在岸边伫立许久，才走回图书馆。进入阅览室坐下，桌子周围都是书架，我正思忖着挑本什么书看看，一抬头看见对面一排架子上摆的全是杂志，当中有一册《十月》，朴实无华，在一众时尚杂志影视明星红男绿女漂亮面孔的“环伺”下，反而显眼。我连忙上前取读，这是2018年的第5期，有别往期的是，这一期的封面右下角额外印了两行红字，上一行“《十月》创刊四十周年”，下一行“1978—2018”。卷首语也证明了这一期的非同寻常，首段就道：

“当您拿到这期杂志的时候，《十月》已经陪伴几代读者走过了整整四十年。一九七八年八月《十月》问世，正值中国改革开放肇始之时。回想四十年前中国社会的风云激荡，这种时间的重叠应该不仅仅是巧合，而是饱含着激发与印证。对此，谢冕先生曾在《一份刊物和一个时代》一文中有充满诗意和激情的描述。”

如此高端的文学名刊，与普普通通的我又有什么关系呢？说来幸运如我，也是登过一回《十月》的。时光一下子要回顾到2012年的9月中旬，也是在秋天，我刚到新单位报到，正式从慈溪市来到海曙区工作生活。因为考取了理想的岗位，所以即便暂时栖身在一处群租房里，我也志得意满，内心一团火热，憧憬着金色的未来。

我的住处距离天一阁不过百米，初来乍到，夜里无事，我便常去这古老的藏书阁前晃悠。夏秋换季之时，刚下过一阵急雨，一层秋雨一层凉，天气也骤然转凉，就在月色溶溶秋虫唧唧的夜晚，我静静徘徊在灯光暗淡的阁楼门前，独享一片书香。也正是在那些天里，我接到了一个来自北京的电话，一问才知道，是《十月》杂志的编辑，著名诗人谷禾。

谷禾老师打电话来是专门跟我讲修改稿子的事的。起初我有点迷糊，不敢相信大刊物的编辑老师真的来找我了，后来才意识到前阵子我投的稿子人家正经看了。而我之所以向《十月》投稿，其实出于“情非得已”：那些年我的家乡慈溪和《十月》杂志联合举办文学活动，编辑部的不少老师也因此来过慈溪，当时的慈溪市作协主席方柏令先生有心栽培慈溪的本土作家，对我也是青睐有加，关照我主动联系谷禾老师并向他投稿。方主席的美意，我当然感铭于心，但说实话，作为一个在县级市生活的文学青年，我有自知之明，自己此前尚未有作品登过任何知名的文学刊物，让我直接去向《十月》杂志投稿，实在惶恐！《十月》是何许地位？不过最后我还是自选了一篇近期“力作”，投往谷禾老师的电子邮箱。投罢我就安了心，毕竟已顺应了方主席的抬举，但心里明白此稿绝不可能被录用，交差而已。再加上后来忙于工作，早已把投稿的事抛诸脑后，万没想到有一天晚上编辑老师的电话竟会真打过来！

想来也是跟宁波有缘，我投的是篇散文，题为《末世书生》，内容是关于从前在宁波市中心游览张苍水故居后引发的历史沉思。在电话里，谷禾老师总体上肯定了文章的水准，同时也一针见血地指出，收尾欠佳，所以他对我提出的修改意见，主要就集中在结尾部分。我为编辑老师对拙作这般的“高看一眼”着实受宠若惊，连忙答应认真修改。接下来的日子，白天我欢欣鼓舞地适应新的工作岗位，晚上窝在小居室里坐电脑前改稿子，偶有些零星的想法，我就发手机短信同谷禾老师联系，那一年，微信虽已诞生，但还远未普及。文稿改定，仍由电子邮件发出。

只是投给编辑邮箱的定稿发出后如石沉大海，迟迟不见回音，我心里一阵纳闷，难道没戏了？要是不用，为啥找我费劲巴拉地改稿？不过日子久了我也就没再放心上，没戏就没戏吧，反正我一开始也没指望能上的。

到了第二年年中，2013 年 6 月的某天，我突然又收到谷禾老师的短信，直截了当地问我要身份证号和银行账号。我莫名其妙，忙问干啥。编辑回，稿子发表了给你打稿费啊。我一下就蒙了，真成了啊？难以置信！这概率估计跟摸彩票中大奖差不多吧！确信幸运砸中我后，我鼓起勇气又问，发在哪一期上？编辑回，就 2013 年第 4 期，下个月出版。

往后的日子里，我倒不盼稿费，而是天天盼着新出的杂志到手。样刊收到，里里外外摩挲着纸张，看到自己的名字和文章化成铅字印在刊中，真是有种今夕何夕的恍惚感。我，一个平凡的小城青年，一篇浅陋的微末文字，登上文学大刊不说，还有幸厕身于名家之中，这，又何尝不是文学之于我个人的最高荣誉，感恩《十月》！

疾驰的高铁驶过铁路桥，轧轨声传入窗内，把追忆往昔的我拉回现实中。合上杂志，恭恭敬敬放回原处，让它静待下一位文学爱好者来捧起惊喜。此生，我应该没什么才力当一位专职作家了，就安安心心做一个《十月》杂志的普通读者吧。走出图书馆，秋雨初歇，姚江奔逝不舍昼夜，愿这江水把《十月》与我的情缘带到北京，献上祝福，向《十月》道一声：四十大寿，生日快乐！

（本文写于 2018 年 11 月 17 日）

青春花开的路口

毕业季。

5月底的时候，听说宁波财经学院的学生们要在南区的操场上举办草坪音乐节，迎接毕业，我这个附近的居民不禁也心生向往，特地去看。不过我到得晚，学生们已忙着在台上合影留念，我只能从咖啡馆老板发的朋友圈视频里回看这场晚会的精彩节目了。看着屏幕上那些又唱又跳、青春靓丽的身姿，再看着操场前搭建的舞台一步步被拆去，我莫名地共情起来："青春，就这样散场了吗？"

6月，上下班的途中，看到越来越多的大学生拖着行李箱，从学院门口走到地铁芦港站，这是真的要离开了。他们走过的这条路，就叫"学院路"。路挺宽，但因为常有大车开过，路面早被轧得崎岖不平，一到下雨天就坑坑洼洼，路两边种的是宁波城区最常见的香樟树，也因飞扬的尘土而显得有些腌臜。假使这路上种的都是凤凰木，这个时节，凤凰花开，定是别样的风景。可惜宁波不是产凤凰花的地方，凤凰花属于华南。有一年夏天我到厦门出差，从厦门北站下火车，坐公交去市中心，一抬头发现车窗外树上枝头挂满了火红的凤凰花，分外鲜艳。当一年中第一次看到凤凰花开，就意味着离别的时刻到来了。离情依依，伴随着密密匝匝红簇簇的花朵，点点滴滴，都到心头。

学院的路口没有凤凰花，却总会有离别。大四毕业生远去的背影，似乎提醒着我，我也曾有过这样的背影，并且，整十年了。我大学毕业证书上的毕业时间是“2009 年 6 月”，距今，十年整。十年是一个特别能令人感怀的时长段落，黄庭坚诗有“江湖夜雨十年灯”，词有“去国十年老尽少年心”，心境上应差不多。十年，足以让曾经年少轻狂的“新鲜人”慢慢变成学会自嘲的“社会人”。

曾有无数个晨昏，我在学院的操场上跑步运动，也见到一对又一对学生情侣从身边经过，热烈的拥吻或激烈的争吵，甜蜜的执手或负气的甩手，都有过。再多的眼泪，顺着塑胶跑道一圈一圈走下来，也就雨过天晴破涕为笑了。我依旧得空就去咖啡馆坐坐。咖啡馆里永远不缺年轻人，嘻嘻哈哈很快就能打成一片。我比他们大一轮左右，正带着这个年纪不知是该被叫“哥”还是叫“叔”的特有的尴尬。好在我愿意主动融入他们，跟男生抱着吉他弹唱，和女生聊，欢声笑语中，仿佛我也回到了那个年轻岁月。

大四的老生走了，两个多月后就会有大一的新生来，如此循环往复。铁打的营盘流水的兵，我这个过客，倒像是成了常驻代表，在一年年的轮回中不断地迎来送往。我与他们相同的是，我们都曾有过这样的青春，在夏花灿烂的人生路口，背上行囊，挥手道别。我不是学校的师长，没有资格上台做官方的寄语赠言，我只想以一个过来人的身份，目送他们离去，默默送上一句由衷的祝愿：“我不祝你们一帆风顺，我愿你们乘风破浪。”

（本文原载于2019年7月2日《宁波日报》，署名“车厘子”）

到象山看海去

我对看海有一种执念。每到一地，凡是靠海的城市，我必要想方设法去海滨走走看看，将视野纳入无垠的大海。厦门的鼓浪屿、青岛的栈桥、深圳的红树林，国内的海，各有各的美法。

五一假期，忽然起意要去象山县看海。说走就走，驱车而往。松兰山景区因故关闭，住在丹城的朋友特地带我去黄避岙乡塔头旺村看海。那是象山的一片内海，公路通达海岸，沿线开了许多家民宿。晴热的午后，我们吃罢烧烤，便躲进冷气房里打牌消遣。日头西移，热气渐渐散去，我才到屋外的帐篷下小坐，饮茶听曲，看海风吹拂路边的红旗。傍晚，朋友陪我去滩涂地上走走，沿途密密麻麻晒着紫菜和海带，渔民劳作其间，也是海岸线上一道特有的风景。站在一处石阶上眺望，远处海上一边是白墩港特大桥，一边是起起伏伏的丘陵山峦，海域内风平浪静。这海水谈不上蓝，毕竟是内海，倘要观赏广阔无边的蓝色海洋，那至少要坐船远远地驶到檀头山岛乃至渔山列岛吧。

当晚我宿在丹城。次日一早，我又驱车顺着沿海南线，一路开到晓塘乡月楼岙村，至同事家中做客。晓塘乡与石浦镇相邻，下午，同事特意带我去石浦游玩。我们先开车上了大金山，山风呼啸，站在约三百米高的山顶，四下鸟瞰，整个石浦镇区港区尽收眼底。下山，不多时就到石浦镇上，把车停在石浦老街附近。不远处便是石浦渔港的旅游码头，早已把我们吸引过去。码头修得十分气派，看过去俨然一个“小外滩”，空闲的游船也齐齐整整停泊在岸边，前方就是出海口。步道边立着一尊雕像，人物作拉小提琴状，上前一看方知是聂耳像。

黄昏时分，我沿着老街登上依山而建的石浦古城，游人已经稀少，老街两旁的店铺开得漫不经心。我突发兴致，半途折入福建路、吉城路等小径拾级而上，路越发陡峭，路边有许多民居，早已人去楼空，门口都贴了此处将要拆迁的封条，大门紧锁、杂草丛生。走到半山腰回身去看，山下过了马路即是石浦码头，向晚的海面上起了雾霭，在薄暮中响起一记起航的汽笛声，轮船就缓缓驶离港口，向海洋行去。这一霎便起了几分离愁别绪。

我猛然意识到象山的海为何很美，因为有山有海、山海相连，“仁者乐山、智者乐水”，这里兼而有之。不然怎么会让我一个生长在宁波北部、东海边杭州湾畔的人特地跑到宁波南部来看海呢？我从小见惯了家乡的海，腥咸凛冽的海风，泥沙含量高、混浊如黄泥汤的海水。那一片冲积平原上有海的地方是看不见山的，山至少还远在十余公里开外。那或许是一种孤独的海吧，它不够迷人。

象山的海够迷人。今后我肯定还要一来再来，寻得更深更远，去看更广阔更湛蓝的大海。

（本文写于2020年5月20日）

苍水街阿姨

老宁波人都晓得市中心有条东西走向的小路叫苍水街，一头连着繁华的开明街，一头通往热闹的中山广场。

是老百姓就得过小日子，宁波人讲“过日脚”，“日脚”到底怎么过？终究脱不出每日三餐一宿的轨迹。尤其对我们这样的上班族来说，平常懒得开火烧饭，下班后去哪儿吃饭就成了必选题，单位附近的小馆子都踅摸遍了。区行政中心北门斜对过、市机关二幼东边，三年前开了家小饭店。饭店是真小，目测二十平方米不到的面积，除去厨房的空间，店内只能摆下四张长条桌，外边的门面又实在不起眼，想要经营好似乎挺有难度。

店主是一对母子，本地人，分工明确，母亲负责烧菜，洗碗收账则由儿子来。中午、晚上，一天主要做两顿饭的生意。什么菜式？清一色宁波本地菜。起初谁也没在意这家店，不知不觉间生意越发见好，周边居民、白领都爱来吃，不乏回头客，有的甚至一天两顿都来这解决。日常我去食堂吃午饭，走在苍水街上，路过店门口，一眼就能瞥见店里坐满了人，四张桌子一中午要翻桌好几回。有时候天气好，顾客等不及，索性就另搬出桌凳，坐到门前树下吃。傍晚下了班，我也会就近踱过去换换口味。酒香不怕巷子深，这家小饭店能开出名堂，当然全靠店主烧得一手好菜，价格还实惠。她儿子跟我年纪差不多，我管她叫阿姨。话说我去过店里那么多回，到现在也没问过阿姨姓甚名谁，萍水相逢，以地名之，我就在心里默默地称她为“苍水街阿姨”吧。

苍水街阿姨的厨艺真是没得挑，哪怕客人只是要吃一碗炒年糕或炒面，经她的手一番娴熟烹饪，慈城年糕、樟村盘面、横街头笋干、邱隘咸齑，再常见的原料，也立时化为盘中美味，令人食指大动。阿姨店里没有菜单，每天清早她和儿子备足食材，到午前和傍晚现烧，用一个个碟子盛好，罗列在灶台前，任客人自己挑选。食材也没什么特别名贵的，就讲究一个新鲜，用阿姨的话讲“合总是热气货，透骨新鲜”，做出来的家常菜，味道恰到好处。白蟹虽小，但肉质紧实；爆盐米鱼鲜咸入味；油爆罗氏虾咸中带甜；牛肉卤得软硬适中；肉末蒸咸鱼堪称“压饭榔头”……阿姨做什么我们就吃什么，不过也得抓紧“先下手为强”，因为小菜数量有限、先到先得，有时候去晚了，眼巴巴看着自己想吃的菜已被他人享用，那叫一个糟心。

在阿姨店里吃饭，吃的是人间烟火，吃的是家长里短，甭管来的是本地人还是外地人，阿姨都只管讲宁波话。我视这家店为宁波话实际应用水平测试基地。在不着边际的闲谈中，我大致了解到阿姨的来历，她老家在高桥，后来搬到孝闻街住，原先在医院食堂干过活儿，也在江北的别墅里当过大厨，难怪手艺了得。厨师这行费体力，赚的是“辛苦铜钿”，做久了累，更何况是一个已过了退休年纪的妇女，其中必有缘故，只是阿姨不愿说罢了，我们识相的也不多问。然而阿姨脸上一径是笑眯眯的，很少见她发牢骚、闹情绪。有时候烧完菜得空，她用围裙揩揩手，也会坐到桌边同我们拉家常，一次讲了件事，“有两个小娘老老到阿拉店里来吃，前两日一个小娘搭另外一个小娘打电话，其咋话？‘我来得一底老太婆饭店’。好嘞，我成‘老太婆’嘞！”[①] 听得我们哄堂大笑，阿姨自己也笑起来，店里气氛一片欢快。

（本文写于2020年7月28日）

---

① 有两个小姑娘，经常到我店里来吃饭，前两天其中一个小姑娘给另一个小姑娘打电话，她怎么说？她说：“我在这里的老太婆饭店。”好吧，我成“老太婆”嘞！

牡丹情缘，青春梦圆

——写在观赏全本昆曲青春版《牡丹亭》宁波首演后

一阵秋雨一阵凉。连日的阴雨，气温骤降，让宁波较往年提前半个月进入气象意义上的秋天。然而宁波观众的热情并未被冷雨浇灭，大家纷纷慕名而来，赶到宁波逸夫剧院，9 月 18 日、19 日、20 日，连着三个晚上，观赏分为上、中、下三本的全本昆曲青春版《牡丹亭》，一睹领衔主演沈丰英与俞玖林两位昆曲名家的风采。我亦有幸躬逢其盛。

头天晚上，我坐在剧场前排靠左的位置，第一出“训女”开演。沈丰英扮女主角杜丽娘从上场门背对观众出场，缓步到九龙口转身亮相，正面恰朝着我的方向。

说来话长，我对青春版《牡丹亭》以及昆曲也是有情结的。我在江苏无锡上的大学，那是2005年9月到2009年6月间的事。无锡与苏州在地理上唇齿相依。无锡与苏州近到什么程度呢？当年我们从无锡火车站出发，坐上最慢的绿皮火车，半小时也能到达苏州火车站。

尽管距离很近，但那时候的我对苏州全然陌生，更不知昆曲为何物。在无锡基本也听不到昆曲，无锡本地流行的戏曲剧种是锡剧，跟我们宁波本土的甬剧类似，都源于滩簧，比较草根。无锡话也类似于宁波话，在吴方言里都算“硬”的，而苏州话则是出了名的软和糯。以上讲来似乎颇为神奇，毕竟苏、锡两地如此邻近，风土差异却相当大。

然而好像我与昆曲的缘分自有安排，2005年的年初，当时我还是个高三学生，在老家过年，电视里正播着春节戏曲晚会，原本也是有看没看，但当丝竹声响起，一对白衣戏装的青年男女演员圆口轻启、清声哼唱，相互依偎着，缓步从台下走到台上，水袖翻飞、深情表演的镜头出现时，我一下子就被迷住了！这是什么戏？我完全叫不出名来，我怎么从来没有看到过？它跟我们这边常见的越剧大不一样。怎么会有这么美的戏曲？人美、曲美、词美！那一刻我的心情就像刚发现了一件大宝贝，紧接着后悔怎么这么晚才发现世上还有这样的好东西！后来我才知道那种戏叫昆曲，那出戏是《牡丹亭》的一个片段，女主角叫杜丽娘，男主角叫柳梦梅，那对青年演员女的叫沈丰英，男的叫俞玖林，都来自苏州昆剧院。

从此我便在昆曲上留心了。我并不是那种狂热追逐迷恋事物的人，不会刻意去做什么，但我有一种文化意义方面的自觉意识，在日后的生活中，我会留意许多文艺作品中与昆曲有关的细节，一点一滴、一丝一缕，慢慢拼凑出我对昆曲认知的大致轮廓。

等我按图索骥、了解到白先勇老师监制青春版《牡丹亭》的时候，自己已经在无锡上大学了。犹记得那时青春版《牡丹亭》强调“进高校”演出，几年下来全国知名大学基本走了个遍，但偏偏就是没来过近在咫尺的我们学校，大概我们学校的人文氛围实在还不够。当年的我，在宿舍里电脑上反复看“上、中、下”三集的青春版《牡丹亭》演出视频。每当视频一打开，“巾生魁首”汪世瑜老师演唱的片头曲即《牡丹亭》原著中的“标目”《蝶恋花》响起的时候，我还会忍不住跟着学唱：“忙处抛人闲处住。百计思量，没个为欢处。白日消磨肠断句，世间只有情难诉。玉茗堂前朝复暮，红烛迎人，俊得江山助。但是相思莫相负，牡丹亭上三生路。”

2009年下半年我参加工作，12月到北京出差，其间去北京大学找高中同学时，无意间发现北大校园里张贴着青春版《牡丹亭》和《玉簪记》演出的海报，男女主演正是俞玖林、沈丰英，我惊喜莫名，连忙去买票，但因为时间关系，我只能选择看12月16日晚上的青春版《玉簪记》。16日晚，我兴冲冲赶到北大百年讲堂，欣赏精选六折戏的《玉簪记》，俞玖林、沈丰英这对黄金搭档塑造的潘必正与陈妙常。戏当然同样精彩，说起来这还是我首次在现场观看昆曲。在宁波工作后，我的业余生活里依然少不了昆曲的元素，由此也结识了一批宁波的昆曲爱好者，尽管人数极为有限，但我们还是挺会“来事”的。我们自发组织了月湖曲社，联系上海戏曲学校“昆五班”的小学员到老外滩唱堂会，邀请昆曲研究权威、苏州大学周秦教授来宁波开讲座，陪同江苏省昆剧院著名演员钱振荣、徐思佳两位老师游览天一阁等等。近年来在宁波开展的跟昆曲有关的活动，我几乎都参与过。当然，也不会错过每一场到宁波演出的昆曲。这些年，苏州昆剧院以每年至少一场演出的频率，把好戏名角送到宁波，但我与心心念念的“白牡丹”始终是缘悭一面。尽管2014年5月苏昆就来宁波演过所谓的“青春版《牡丹亭》”，俞玖林老师也依旧担纲男主，不过那次的女主却由年轻演员刘煜出演，而非沈丰英老师，并且内容缩减只演一晚。换言之，真正完璧的青春版《牡丹亭》，自2004年问世首演以来、历经全球巡演数百场之后，迄今还没到过宁波，不能不说是莫大的遗憾。

青春版《牡丹亭》的巨大成功，世所公认，十多年的打磨，千锤百炼，已臻完美，后辈的演员尽可以照这个路子一直演下去。然而青春版《牡丹亭》又有一个很大的特殊性，那就是这部戏从创排之初就是为沈丰英和俞玖林两人量身定制的，如果主演换人，那就很难再说是大众心目中的“青春版《牡丹亭》”了。戏虽不老，可惜人终会老，一晃十六年，当年二十几岁正青春的主要演员，如今也已四十出头人到中年。俞玖林成了主持工作的副院长，沈丰英远嫁外地少回苏州，要这对“璧人”再同台合作越发难得，原班人马的青春版《牡丹亭》真是看一场少一场了。

也正是这个缘由，我才倍加珍惜这次在家门口看全本青春版《牡丹亭》演出的机会，“抓住青春的尾巴”。因青春版《牡丹亭》而“入坑”昆曲，这是属于我们一代人的文化记忆。我的牡丹情缘，终于圆梦了。

（本文原载于2020年10月27日《宁波日报》，署名“车厘子”）

与上海出版家相遇在宁波的浙江书展

立冬这一天，11 月 7 日下午，我直奔宁波国际会展中心，参加第六届浙江书展的一场重磅活动“经典是怎样炼成的”——《尘埃落定》荣获茅盾文学奖 20 周年全新版分享会，在台下目睹阿来、艾伟、曹元勇三位嘉宾一起上台分享。现场观众基本上都是奔着经典小说《尘埃落定》的作者阿来老师来的，也有一些宁波朋友是来给艾伟老师捧场的，大概只有我是专程赶来看曹元勇老师的。

曹元勇系何方高人？估计读者知之甚少。曹老师确实也不是一位享有众多拥趸的名作家，不过他倒是经手过不少名作家的书。他是资深的文学编辑和出版人，现任浙江文艺出版社上海分社社长。曹老师编辑出版过草婴（宁波镇海人）译《托尔斯泰小说全集》、“莫言作品系列”、《张承志文集》等百余种文学书籍，也翻译出版过多部外国文学作品。编辑是作家成名的“幕后英雄”，毫无疑问的，曹老师也是当代许多名作家的好朋友，这其中就包括中国首获诺贝尔文学奖的莫言。又因为与莫言交情匪浅，曹元勇成为中国唯一一位应邀跟随莫言参加过 2012 年诺贝尔奖颁奖盛会的出版人。那一次无与伦比的荣光经历，事后被曹老师写成《莫言：斯德哥尔摩之旅——2012 年诺贝尔奖活动周纪实》一文，发表在大型文学期刊《十月》的 2013 年第 4 期上，2015 年又收在了曹老师个人的第一本文学评论集《聚焦与印象》中。我为什么记得那么清楚？因为幸运如我，曾写过一篇关于张苍水的散文，与曹老师的大作登在同一期《十月》上，且正好紧随其文之后。那是我文学生涯中的高光时刻。尽管拙作早已湮没无闻，但通过曹老师的雄文，我这个无名小卒也得以领略世界顶尖文学大奖颁发的整个历程，着实“与有荣焉”！正缘于此，我至今仍完好保存着当期的《十月》杂志和《聚焦与印象》一书，并带到了本次书展现场。

分享会一结束，观众们手捧《尘埃落定》排起长龙，等着阿来签名。作为主持人的曹老师恂恂儒雅地退到舞台一旁，我瞅准时机，上前招呼，请他为我带来的书刊签名。

这当然出乎曹老师的意料，而且他低头瞥见《聚焦与印象》，快人快语说："这本书不值一提。"我忽然想起他在书中后记里写过"深悔少作"之类的话，看来真不是谦辞。当然最后他还是提笔给我签了，中间发现《十月》原刊，更觉惊奇："这本你都有？"萍水相逢，我见曹老师行色匆匆，也就没多做解释。

曹老师久在上海，我去过几回上海书展，却总是错过他的活动，没想到这回在宁波举办的浙江书展上终于识荆。更可喜的是，从2020年起，浙江书展永久落户宁波。也许今后一年又一年的浙江书展，宁波读者都能在家门口就遇见自己心仪的名家大腕。一城书香，如坐春风。

（本文原载于2020年11月10日《宁波日报》，署名"车厘子"）

京华小事

得知出差住宿的酒店是北京宁波宾馆时，我莫名地兴奋起来，仿佛期盼一次久违的老友重逢，因为十一年前自己曾在那儿派驻过两个月，说长不长、说短不短。要说京城哪里我最熟悉，肯定是宁波宾馆，西城区新壁街 8 号。

一下飞机我俨然成了北京人，大手一挥，让同事跟随，迅速规划好地铁换乘线路，顺利到达终点站和平门。刚走到地铁站出口处，迎面扑来一阵猛烈的穿堂风，我俩顿感如堕冰窟——是真冷啊！尽管来之前就看过北京的天气预报，行囊里也备了棉衣和毛衫，偏偏出发这天正赶上宁波秋末冬初罕见的高温天，气温临近 30 摄氏度，我们穿着短袖衫就上了飞机，事先套上冬装也不现实，于是一到北京就结结实实给冻着了。两人哆哆嗦嗦一路小跑到宁波宾馆，赶紧去房间换上带来的衣服，北京已开了暖气，室内当然温暖，一走到室外，还是冷，不行，带的外套太薄。

我决定买件羽绒服，最好立刻能穿，救急如救火！这会儿网购只怕也来不及。就近去商店买？奈何宁波宾馆的地段寸土寸金，在这一带真找不着什么价格便宜的服装店。我只能到附近的高端商场里买了件价值不菲的冬衣穿上，这时候再走出商场，哪管朔风扑面，也立觉北京的冬日分外可爱了。

解决了“温”的问题，还有“饱”的问题，晚上我特地拉着同事去附近找北京小吃。和平门往东不远，就到前门，前门大街挨着大栅栏和八大胡同，过去在城南是平民聚居区，后来改造成商业街，繁华无限，但依然留有不少民居，因此在这能吃到京城最地道的风味小吃。我们钻进一家小馆子，点了卤煮、炒肝、豆汁、焦圈，同事没吃多少，对着碗里一样样的杂碎、下水，一脸“惊恐”地看我在那儿大快朵颐。我这个人吧，南人北相，明明是南方人，身板却像北方人，普通话又标准，在南方老被认作北方大汉，可巧又生了副特别能适应北方饮食的肠胃，山珍海味未见得多爱，随处可见的平民小吃最是心头好。老北京小吃究竟有何魅力？隔天中午我还去前门吃饭，坐在西河沿街的一家小店里，独自一人呼噜呼噜干掉了一碗卤煮火烧、一碗爆肚、一碗炸酱面，要是再喝上一瓶北冰洋汽水或信远斋的桂花酸梅汤，那就美极了！不过我记忆中最好喝的酸梅汤还得是十一年前在前门大街的九龙斋里喝到的那一杯，可惜那家店现如今没了。外边风大，吹得脑袋生疼，到专卖帽子的老字号“盛锡福”，头上一顶戴好，齐活儿，讲究！

往来宾馆的路上，最容易遇着老北京人，听他们说话，一口干净的京片子。北京土著熟人见面最常用的招呼就是问“嘛去”，“嘛”字拖长音，嘴张大，感觉能甩出十米远，“去”字短促急收，似入声字，听起来像“切”。只两个字，老北京的人情礼数，尽显其中。

新壁街南边有条平行的小胡同，叫西松树胡同。胡同里开了家小旅馆，十一年前我刚到北京的时候，因交接工作的同事暂未回去，就安排我先住在这家小旅馆里。小旅馆挺简陋，好在离宁波宾馆近，上班方便，我这个初出茅庐的单身汉，有个地方安顿，无后顾之忧，也挺快活。大约一周后，同事回慈溪，我就可以搬去他租住的小区了。那天我收拾好行李往外走，正碰上旅馆老板在门口发车，他问我上哪儿去，我说去椿树园小区。老板说那儿挺近啊，正好他要开车出去，顺路捎我过去，就让我上车。我一下子没弄明白老板为啥对我那么客气，再说自己生性不爱给人添麻烦，况且路程确也不远，因此连忙婉谢。谁知老板是真豪爽，二话不说生拉硬拽就把我塞进车里，愣是把我送到了小区门口。路上老板同我聊天，才知道原来是我给他留下了极佳的印象，“小伙子，我开这家店也有些年头了，南来北往的客人见得多了，邋里邋遢的、喝酒闹事的，哪天没有？我就没见过你这么省心的客人，每天早上走晚上回，也不吵也不闹，房间还干干净净的……”虽说我向来如此，但乍听一个陌生朋友这般真诚地当面夸奖，还真有点受宠若惊，心想这也算“好人有好报”吧。闲谈间我还得知老板不是北京人，老家在湖北麻城。

这趟住宁波宾馆，我特意再去西松树胡同看那家小旅馆是否还在，毕竟已过了十一年。胡同倒还是老样子，虽然名叫松树，路边却不见一棵松树，反而有一排高大的柳树，在寒风中兀自枝叶葱翠。往西走过北京棋院，赫然就看到小旅馆的门面，仍在那个位置，只不过改头换面漂亮了许多。我兴冲冲挑帘进屋，内部格局并没有变动，只是装潢一新，我还能找着自己当年住过的那个房间。老板听到有人来，从里往外走，一抬头，与我打个照面，似曾相识，我一眼就认出是从前那位热情帮助过我的湖北老哥，只是看起来胖了不少。老板当然已不记得我，问我住店吗，我微笑着也不挑明，只假作问路的，就此离去。天地间这样的小事本再寻常不过，但那种睽违多年、人物皆在的感受，真是暖到心头。

宁波宾馆大门的正对面，有一座四合院，齐齐整整、规模不小。十一年前我就注意到了这座院子，日常大门紧闭，罕有出入，很是神秘，我就好奇这院子的主人到底是谁。老北京讲“东富西贵”，能在西城区坐拥四合院的，必是贵人。

星期六，节气小雪前一天，恰逢北京入冬以来的第一场雪。雪不大，没能积起来，落地便化成了水。早晨我躺在宾馆的房间里，听窗外楼下车辆驶过新壁街时轮胎溅起的水声，在北京真是难得听到这么湿润的声响，恍如回到了江南。十一年前我来的时候，总是为北京冬季空气干燥、屡遭静电“扎手”而苦恼，彼时灰蒙蒙的天空、硬刺刺的风沙也是常事。十一年后再来，蓝的是天、白的是云，连空气也似乎湿润许多。自然，一别十一年，曾经的愣头青，现在也成熟了。

（本文原载于2020年12月22日《宁波日报》，署名“车厘子”）

太阳照在咸祥海上

冬天的东海之滨是寒冷的。这不用想象，因为我从小就生活在那样的环境里。所以当收到《宁波日报》邀请函，邀我在冬日的某个周末赴鄞州区咸祥镇参加“海湾笔会”的时候，起初我有过一丝疑虑，这时节、这气温，到海边会不会冻成冰棍？

我知道咸祥镇是个靠海的乡镇，可以说去过，也可以说没去过。说去过是因为每回去象山的路上，车子必经过咸祥镇，横跨象山港大桥，一头连着象山县，另一头就在咸祥镇。要说没去过，也就是从未真正到过咸祥镇上，不知风土人情如何。《宁波日报》不止一次在咸祥镇举办过笔会，想必很是青睐这个海滨小镇，托主办方的福，首次参加笔会的我，终于来到咸祥镇上。

出发的时候天公并不作美，阴雨绵绵，宁波的冬雨简直可以销魂蚀骨。与阴冷天气相对照的，是咸祥人挡不住的热情。海边人大抵总带着一种天然的粗豪与奔放，吹惯海风、黑里透红的面孔，扯着嗓门喊的声量，招待满满一桌子当地海鲜的“热气货”。

“咸祥”的地名据说是一种雅化，此地原名“盐场”，在方言里这两个词发音一致。因为原先就是海边晒盐的地方，所以先民就给这里取了个简单平实得近乎粗粝的地名。我对晒海盐的地方有种天生的亲近感。等到集体游览咸祥庙、参观咸祥民俗文化展，了解咸祥“八月半渔棉会”，才知道咸祥这地方原来还产棉花。既是盐区，又是棉区，这就与我的家乡庵东镇完全契合了。咸祥与庵东，都是东海边“咸咸的”小镇，一临象山港、一临杭州湾，各拥一座雄伟的跨海大桥。

住宿安排在鹰龙海畔酒店，听这名也知道酒店靠着海。我们到的时候，已近黄昏，暮色苍茫，看不出海景有多美，只听到海浪拍岸。入住的倒真是海景房，每间都有个独立的阳台，正对着海岸。晚间夜深人静，阳台一侧传来的海浪声更是清晰入耳，节奏整齐划一地拍打了整整一晚上，竟然没有造成失眠，反而促进了好梦。可知噪音都是人工的，大自然的声响就是天籁。

美美一觉醒来，时间尚早。侧头看阳台，没拉窗帘，落地窗外的天空透着一种淡金色，太阳在薄雾里若隐若现。看来要放晴了。早先预报是连阴天，又冷，兴致也没了，难道我们一来老天爷便开心颜了？

连忙起床，推门来到阳台上。眼前豁然开朗，是一整片辽阔的象山港海域，对面起起伏伏的山丘，应该就是象山县地界，不远处即是蜿蜒的象山港大桥。扶栏低头看楼下，就是这一边的岸堤，嶙嶙峋峋的岩石堆积着，不舍昼夜地与海浪共鸣。再抬头看天，太阳从云层里出来，更亮了，在海面上投射下一个金光粼粼的狭长倒影。我一时被这夺造化之功的天颜海容给惊住了，太美了！缓过神来，赶紧掏手机拍照，连拍了好几张，不断地调角度、调亮度，可是出来的效果总感觉怎么也及不上肉眼所捕捉到的瞬息芳华。雾气昭昭里，太阳向人间写起了朦胧诗，这一幕像极了印象派油画大师莫奈的扛鼎之作《日出·印象》，我也仿佛置身于晨雾缭绕的法国勒阿弗尔港口，时光倒流至1872年11月13日早上的7点35分。可惜我手中没有画笔，纵使有，无论如何也画不出天上那一抹金光。那是“造物者之无尽藏”，我们尽情享用就好，别指望语言和色彩能描摹得像。

冲完澡，只披套睡衣，再到阳台，此时日头渐高。伫立在冬日早晨海边清冽的空气中，明明气温很低，竟不觉有一丝的冷。大约阳台朝向正南，完全吹不到西北风，整个人沐浴在艳阳里，暖意融融，还去什么海滨城市度假呢，这里就顶好！

下楼吃早餐，餐厅也有海景平台。陪同的咸祥朋友指着海面，自豪地说："我们这一片海，可能是宁波近海里唯一一处蓝海了，天气晴好的时候，望过去整片海都是蓝的！"我听了不由艳羡起咸祥人来，在我家乡，庵东的海夸不了这样的口。不过咸祥有一点吃亏，明明与象山共享这片海，海却只以象山港命名——我就自作主张管这里叫"咸祥海"吧。

中午时分，雾气消散，日方中天，潮水上涨，看远处真是一片蓝海！假如我擅长游泳，一定英勇地跃入这片海中，迎着阳光，奋力作青春的畅游。

（本文写于2020年12月《宁波日报》"海湾笔会"后）

大珠小珠落玉盘，评弹余韵甬上长

——《明珠璀璨甬江畔》读后记

宁波人有句口头禅“小落回”，大意是形容一种小惬意、小舒适的生活状态，其实这个词并非源自宁波方言，而是一种曲艺行话，准确地说，是苏州评弹的一个术语。评弹演出，中场休息，谓之“小落回”，这时观众稍作休憩，用些茶点，十分惬意。若到“大落回”，就意味着演出结束，散场回家。显然，宁波这座城市与苏州评弹是有交集的。苏州与宁波虽分属江浙两省，在方言区域划分上却同属吴语区，两地方言语调差异虽大，互相交流却没有明显障碍。以苏州方言为表演基础的苏州评弹，即广泛流行于江浙沪的吴语方言区，而宁波可说是苏州评弹所能流行到的最南码头。评弹发源于苏州、发祥于上海，宁波本地人之所以接受苏州评弹，很大程度上可能缘于在上海滩的宁波帮中爱好苏州评弹的人士将这门雅俗共赏的艺术带回了家乡，弦索叮咚之声，绵延甬城。迄今，宁波城隍庙附近仍有一家民乐剧场，长期演出苏州评弹，老听客无人不知。宁波还有硕果仅存的一个苏州评弹票友组织，那就是宁波评弹联谊会。“一弦一柱思华年”，蓦然回首，宁波评弹联谊会已走过三十年的辉煌历程。

我并非评弹票友，只是业余爱好昆曲。评弹、昆曲以及京剧虽属不同艺术形式，但表演上颇多共通之处，郑涛大哥即是一位三者都爱的雅士，同时也是一位古道热肠的老阿哥。其穷数年之功，用心用力，将宁波评弹联谊会三十载的光辉业绩编印成册，大作正式问世，广受好评。我也有幸，得郑大哥亲自送来新印制的《明珠璀璨甬江畔：宁波评弹联谊会成立三十周年纪念专辑》，一睹为快。

专辑体例完备，前后分为“序言、贺辞、庆典、人物、沿革、历程、荣誉、跋文”八个版块，起承转合，有机统一。其中还配印了大量新老照片、文史档案，与有关文字相得益彰，也显示了编者花大力气广泛搜罗资料的斑斑心血。更为难得的是，在该纪念专辑的编制过程中，得到了社会各界团体人士的大力支持和高度赞誉，原市政协副主席、著名琵琶艺术家傅丹女史还亲为作序，题为《宁波评弹艺术的拓荒者》。至于郑涛会长，以其流畅的文笔，承担了专辑中绝大部分的写作内容，详略得当地回顾了联谊会成立三十年来的点点滴滴。按专辑的记述，任宁波红宝书场经理张先华同志的牵头推动下，于红宝书场内发起“评弹沙龙”，决定在每周日上午定期开展票友学习交流活动（此活动形式延续至今），为宁波评弹联谊会的正式成立奠定了基础。1990 年，经张先华、曹岳祥、程浦先等骨干人员正式提议，拟成立业余评弹联谊会，并以红宝书场的名义向市文化局提交成立协会的申请，后经市局批准，正式成立“宁波市红宝业余评弹联谊会”，此即宁波评弹联谊会的前身。

由此算来，两个年份都可视为联谊会成立三十周年的肇始之初。也正因此，联谊会才选择在 2019 年 10 月 25 日隆重举办一场以纪念宁波评弹联谊会成立 30 周年的庆典活动。当时庆典在宁波市工人文化宫的五一剧场举行，我亦受邀观看。活动盛况空前，不仅邀请到了江苏省曲协副主席、苏州市曲协主席、中国评弹博物馆副馆长袁小良先生，浙江省曲艺杂技总团评弹团团长颜丽花女士，宁波市曲协主席沈姿颖女士，著名评弹演员周映红、毛新琳、周慧等多位老师到场祝贺并登台献艺，省内外多个文艺家协会、团体及社会贤达也纷纷发来贺信贺词。

与共襄盛举的大场面相比，我个人更怀念自己从前在周末去联谊会位于京华苑小区的活动室内听会员们弹唱演练的闲暇时光。会员们大多已是七八十岁的老人家，却依然精神矍铄、痴心不改。目前仍健在的老会员基本上我都见过，这其中，有退休干部，有涉外酒店总经理，也有工人师傅，甚至还有两位原宁波市篮球队队员，更不乏高级知识分子，有高级工程师、大学教授等等，各行各业、人才济济。要知道，三十年前联谊会刚成立的时候，他们都还年富力强、事业有成呢！我这个联谊会“编外人员”每年最开心的时光，莫过于岁末年初与会员们吃年夜饭的情形，大家欢聚一堂，不拘长幼，各逞才艺，一醉方休。

三十年弹指一挥间，殊为不易，人生能有几个三十年？想起余姚大儒黄宗羲曾作《天一阁藏书记》，开篇就讲：“尝叹藏书难，藏之久而不散，则难之难矣！”天一阁藏书历数百年而不散，固然创造了世界藏书史上的奇迹，宁波本土一个业余文艺社团，从无到有，生生不息，坚守三十年而不散，更是一份民间力量的伟大！

衷心祝愿宁波评弹联谊会后继有人、薪火相传、兴旺发达！一个又一个的三十年，接续不断，再造辉煌。

（本文原载于2021年9月28日《宁波日报》，署名“车厘子”）

书香夸宁波，门第仰家谱

——读应芳舟新著《宁波家谱编修启事叙录》

“书藏古今，港通天下”是宁波响当当的城市形象主题口号，前半句指以天一阁为代表的宁波藏书文化。“南国书城”天一阁的历史文化地位自不待言，其以收藏明代科举录、地方志闻名于世，同时还藏有大量全国各地的家谱，可以说是新旧家谱、家谱扫描件、族史资料等一站式收藏的龙头馆。在天一阁博物院各擅胜场的工作人员中，有一位专门负责家谱收集、研究的副研究馆员，他便是应芳舟老师。

应老师主要从事家谱和宁波帮史料整理与研究，年方不惑，已出版有《一诺九鼎——朱葆三传》（合著）、《朱葆三史料集》《宁波旅沪同乡会人物史料》等多种学术著作，最近又由上海古籍出版社推出一部近40万字的大著《宁波家谱编修启事叙录》，成果不可谓不丰。我与芳舟兄相识有年，忝为知交，每每因其事业进步而倍感欢欣鼓舞，在拜读了这部厚重新著之后，更觉此书“其称文小而其指极大，举类迩而见义远”，完成的是泽及当时、名留后世的光辉功业。

研究家谱的著述甚多，但家谱编修启事叙录这类形式的书籍很少。应老师出版此书的缘起是他本身长期专注于中国近现代史、宁波地方史、宁波帮研究，且日常工作与家谱打交道，自然接触到大量刊登在上海、宁波近现代报纸上的修谱启事，而背靠天一阁这样的家谱收藏“富矿”又具备得天独厚的学术资源优势，由其来系统性地开展这一研究，也就顺理成章。

天一阁博物院庄立臻院长亲自为此书作序，开头即提纲挈领地指出家谱的重要价值：“国有史，郡有志，家有谱，家谱与国史、方志并称为三大历史文献，共同构成了中国人的家国体系，塑造了中国人的家国情怀，滋润了中华文脉生生不息。”至于家谱编修启事，通常介绍家族始祖、始迁祖、历代修谱、人口迁徙等情况，该次修谱需族人提供的相关资料，以及限期报送时间、通讯处、启事发布者等内容。《叙录》

收录的修谱启事多达数百则，共涉及126个姓氏，按笔画排序，自丁姓始，至魏姓止，时间起讫于1880年5月11日至2021年12月2日，跨度长达141年。此书的文献来源主要有《申报》数据库、上海图书馆晚清民国报刊数据库、宁波图书馆馆藏地方报纸检索系统、浙江省档案馆民国浙江报纸数据库、美国斯坦福大学晚清民国报纸数据库、宁波市档案馆馆藏报刊等，单就报纸而言，竟多达近三十种。据作者自陈，书中收录的所有启事，每一则他都翻阅过相关家谱的实体原件或电子扫描件——如此卷帙浩繁的体量，全凭人力一字一句手动输入，实可谓“爬罗剔抉，刮垢磨光”。板凳要坐十年冷，这样锱铢积累的研究，要下苦功夫、笨功夫，非常人所能忍受，我却多次看到应老师坐在电脑前孜孜不倦、乐此不疲，足见他对这项事业的热爱。

对于家谱研究，我当然是外行，“藐予小子，何敢赞一言”，但开卷有益，在阅读的过程中，我深切感受到这本书对普通人了解家谱知识和地域文化的价值所在。例如郑姓作为全国大姓，在宁波也是人丁兴旺，《叙录》收有宁波各地郑氏修谱启事24则，蔚为大观，这其中又以东钱湖殷家湾郑氏和樟村郑氏最具实力，一东一西，宛若双璧，而樟村郑氏还有上祠堂（光裕堂）与下祠堂（宏宣堂）之分。另如传说起源于宁波东钱湖的稀见姓氏忻姓，《叙录》中也只收有5则忻氏修谱启事，且全部出自东钱湖陶公山。此外我一直不解旧属鄞县现属海曙区的集士港镇，为何常听宁波方言叫着像“熟士港”，与“集”字发音并不沾边，坊间各种解释多是以讹传讹，如今恰好读《叙录》一书到华姓，只见其收录的第一则修谱启事是《宁波鄞西十士港后门华氏重修宗谱通告》(原载于1929年7月15日《申报》)，应老师加了按语：“十士港”今作集士港——至此我恍然大悟，原来集士港旧名十士港，而宁波话“十”的发音正是近乎“熟”，多年疑惑一朝得解，这何尝不是一种读书之乐？

《叙录》实是一部内容扎实、检索便利的优良工具书，其不独为宁波家谱研究中新辟的蹊径，更具有应用广泛的社会价值，正如庄院长在序文中所言：“本书的出版，一定能为甬上各大家族查谱、修谱提供有益的帮助，也可以为学者进行区域史、社会史、人口史等方面的研究提供真实可信的基础资料。”

合上书卷，遥想作者，由衷钦羡，希望宁波有越来越多像应老师这般将工作和志趣完美结合、研究与著述相得益彰的专家学者。

（本文原载于2022年4月19日《宁波日报》，署名“车厘子”）

后记

桥都坚固，隧道都光明

2005年高考结束后的暑假，我到宁波的亲戚家中小住了一段日子，那是我生平初次在宁波城的居住经历。某个午后我约家住宁波的高中同学见面，问在哪儿见面，老同学回我短信："那就影都吧。"我当时完全没想到老同学说的"吧"字就是个语气词，而竟然"脑洞大开"地认为那是个叫"影都"的酒吧。高中毕业，即将升入大学，正是裘马轻肥意气风发的时节，平日里再乖的学生也忽然冒出一种想逛酒吧的冲动。我打的赴约，上车兴冲冲同司机说："师傅，影都吧！""吧"字拖得特别长。司机愣了一下，然后把我送到影都。哪是什么酒吧，影都至今仍在三江口原址，是宁波市民最为熟悉的一家电影院。如今我已在宁波定居多年，回想起这件事，还真是当年“土包子”的我在宁波闹的第一个笑话。我从东海边的乡镇庵东走出来，走到宁波市区安家立业，走的是人间正道，当然，也走过不少弯路。

设若把整段人生延展开来，可以说这一生我们都在路上，不知跨过多少桥，穿过多少隧道。桥，真的不计其数。小到祖屋村头架在跃进江上的石拱桥，细细窄窄，没有任何扶栏，我幼年时走在上边总是心惊肉跳，生怕一个不稳翻落江里。大到曾是世界第一跨海大桥的杭州湾跨海大桥，横跨东海杭州湾，两堍紧紧扎入岸边的滩涂地中，故乡庵东镇由此变成了南岸的桥头堡，因桥而兴。

隧道，回想起来也走过不少，从宁波北上高速公路回慈溪时，一过长溪岭隧道，就知道到慈溪界了；经鄞州去象山，我心里默数着，一路要驶过十来条长长短短的隧道；由宁波自驾去温州，沿途有多少悬崖峭壁上凿出来的隧道；在青岛游玩时，友人开车载我们穿过贯入海中的胶州湾隧道；回顾本书的出版经历，自己也像是走过了一段又一段不可预见的桥和隧道，一路上风景变换、光线明灭，点滴在心头。

要感谢的人事自然有许多，《宁波日报》副刊编辑顾玮、叶向群两位老师，慈溪市文联张巧慧主席，慈溪市作家协会方柏令、方向明前后两任主席，家乡文化界童银舫、吴铁佶、王孙荣、陈成益、沈渊诸师友及《浙东》《慈溪文化》等刊物，天一青年读书会、稻读公社、慈中校友会等社会组织，春温秋肃，并致鸣谢！当然，我最想感谢的，还有一位慈溪文坛老前辈、从前对我提携有加的周乃复先生。遗憾的是，周老先生已于2020年年初遽归道山，未能亲见拙著付梓。他日先生墓前扫松，我这本小书，权作一瓣心香以表追思吧。

在迄今三十多年的人生里，写作是陪伴我二十余载的纯粹习惯。小时候，写作是一种兴趣爱好，可以用笔描摹内心与外界；长大后，写作更像是在繁忙工作中、“鸭梨山大”时一种有效的解压方式。于我而言，写作就是自娱自乐的事情，倘若娱己之余，尚可娱人，读者能在字里行间获得些许温暖的力量，那就更使作者感到意外的惊喜了。

一路走来，蓦然回首，我依然由衷欣赏那个不慌不忙、不疾不徐坚持写作的自己。书的最后，向这个世界道一句：愿桥都坚固，隧道都光明。